Les
enfants
sont
rois

金米和沙米

Delphine de Vigan

〔法〕德尔菲娜·德·维冈 著

朱倩兰 余宁 译

人民文学出版社

著作权合同登记号 图字 01-2023-1233

Delphine de Vigan
Les enfants sont rois
©Editions Gallimard, 2021.
All rights reserved.

图书在版编目(CIP)数据

金米和沙米 /（法）德尔菲娜·德·维冈著；朱倩兰，余宁译． -- 北京：人民文学出版社，2023
ISBN 978-7-02-017953-4

Ⅰ．①金… Ⅱ．①德… ②朱… ③余… Ⅲ．①长篇小说－法国－现代 Ⅳ．① I565.45

中国国家版本馆CIP数据核字（2023）第067024号

责任编辑	胡司棋　何炜宏
封面设计	钱　珺

出版发行　人民文学出版社
社　　址　北京市朝内大街166号
邮政编码　100705

印　　刷　上海盛通时代印刷有限公司
经　　销　全国新华书店等

字　　数　150千字
开　　本　889毫米×1194毫米 1/32
印　　张　7.5　插页2
版　　次　2023年5月北京第1版
印　　次　2023年5月第1次印刷

书　　号　978-7-02-017953-4
定　　价　50.00元

如有印装质量问题，请与本社图书销售中心调换。电话：010-65233595

另一个世界

我们曾有机会改变这个世界,可我们宁愿在家电视购物。

——斯蒂芬·金,《写作这回事》

刑警队案卷——2019年

女童金米·迪奥失踪案

内容：

转写使用梅拉妮·克洛（迪奥夫人）最新发布的几则照片墙（Instagram）故事视频。

故事一

发布于11月10日16时35分

时长：65秒

该视频在一家鞋店拍摄。

梅拉妮的声音："亲们，我们这就到了'跑吧鞋店'给金米买新运动鞋！嘿，我的小猫咪，你想要新运动鞋吗？怎么说另外几双都开始有点挤脚啦？（手机摄像头转向小女孩，她停了几秒钟，不太确信地点了点头。）来了，这是金米选的三双32码鞋（镜头里三双鞋排成一列）。我再靠近点儿给你们看：一双涂金的耐克Air新系列，一双阿迪达斯三条杠，还有一双没牌子的，鞋帮是红色……那必须来决定了，你们都知道的，金米讨厌选择。所以亲们，真的全靠你们了！"

屏幕上叠加了一个照片墙迷你投票：
金米该买哪个呢？
A—耐克 Air
B—阿迪达斯
C—价格最实惠的

梅拉妮把手机镜头转向自己，最后说："亲们，幸好有你们在，就由你们来决定吧！"

十八年前。

2001年7月5日,电视真人秀"阁楼故事"决赛日当天,梅拉妮·克洛、她的父母还有姐姐桑德拉围坐在电视机前各自固定的座位上。自打4月26日节目开播以来,克洛一家从未错过周四的黄金时段。

还有几分钟就重获自由了,被关在一个墙壁围拢的封闭空间——预制板别墅,花园是假的,鸡窝是真的——待了七十天后,最后四名选手被召集到宽敞的客厅,两个男生并排挤在白色长沙发上,两个女生分别坐在两侧配套的单人沙发上。节目主持人的职业生涯刚刚经历了意想不到的惊人转折,他激动地提醒大家,万众期待的决定性时刻——终于——来了:"我从十开始数,数到零,你们就出去了!"他最后问了一遍观众是否准备好跟上他,然后开始倒数,"十、九、八、七、六、五",其他人乖乖地陪他数,齐声、有力。选手们拎起行李奔向出口,"四、三、二、一、零!"门像锅炉送风一般开启,爆出阵阵的欢呼。

这会儿,主持人喊得声嘶力竭,好盖过聚集在外的人群声浪和观众不耐烦的吵嚷,这些人被困在摄影棚里一个多小时了。"他们出来了!来了!七十天,回到地球,欢迎洛尔、洛阿娜、克里斯托夫、让-爱德华!"镜头反复几次,全景展示了房顶发射出来的烟花,过去漫长几周里,他们正是住在同一屋檐下,现在四名选手走过红毯,它为这一场合专门铺设。

他们出来了，是啊，出到外边了，奇怪的是，外边和里边真像。极度亢奋的一大拨人挤在栅栏外，摄影师们试图靠得更近，不认识的人纷纷索要他们的亲笔签名，记者们伸长了话筒。好些人挥动着写着他们名字的手幅、标语牌，另一些人用小型摄影机拍下他们（当时手机设备还很简陋，只能打打电话）。

之前答应他们的事发生了。几个星期之内，他们出名了。

由保镖护送着，他们在粉丝当中行进，此时主持人继续讲解他们前进的过程，"他们距离摄影棚不到几米，注意，他们上台阶了"，镜头和解说词内容重复，但丝毫没有减损戏剧性的张力，相反，霎时间为它敞开了令人惊诧的崭新维度（这一手法将在接下来数十年间衍变为各种形式）。叫喊声更凶了，黑色布幕掀开，让他们通过。摄影棚里有等待他们的家人和其他九名选手，这几位在前几周要么被淘汰，要么自愿退赛，四人一进到棚里，紧张度又上了一个层次。在气氛过热、越来越混乱的情形下，人群开始有节奏地高呼一个名字："洛阿娜！洛阿娜！"

同在场观众一样，克洛全家都盼望洛阿娜胜出。梅拉妮觉得她简直光彩照人（她重塑的乳房、平坦的腹部、美黑的肌肤），大她两岁的桑德拉被她独来独往的忧郁气质震到了（这姑娘起初因为穿着打扮而被其他选手排挤，后来，虽然她表面上融入，却始终是流言和交头接耳的首要对象）。尽管另一位友善开朗的年轻人，也是到目前为止自己最爱的选手朱莉，遭到淘汰让她难受，克洛太太还是由着自己被洛阿娜的经历打动：童年困苦，寄养在别人家的小女儿——都被小报新闻曝光。至于父亲里夏尔，他眼睛只顾着看这位金发的美人。洛阿娜身穿热裤、超短裙、露背上衣、泳装的形象，还有她沮丧的微笑都彻夜纠缠着他，有时纠缠到次日。全家人都同意淘汰洛尔，她过于市侩气，还有让-爱德华，冒失、没脑子、被宠坏的孩子。

稍后，两名优胜者由电视观众票选得出，所有人到达秘密地点，准备开赴夜场活动，一梭黑色的车队驶离圣德尼平原，紧随其后的是配备摄像机的摩托车群。动用的技术设备堪比环法自行车赛规格。一遇到红灯，话筒纷纷从敞开的车窗探进，采集获胜者的感言。

"这让我想起希拉克的大选！"主持人坦言，脸上的妆已遮不住他的疲惫。

星形广场周围，交通形成拥堵。大军团大道上，人群从附近街巷聚拢过来，人们抛下代步车辆，为了靠得更近。而在夜店门口，数百名好奇围观者等待着"阁楼人"到来。

"人人都爱我们，真棒！"两名优胜者之一的克里斯托夫告诉赶赴现场播报的女主持人。

洛阿娜下了车，身着小巧的淡粉红色针织上衣和褪色的牛仔裤。亭亭立于厚底高跟鞋上，她舒展健美的身姿，环视四周。从她眼中，旁人能感受到某种心不在焉。许是困惑。许是命途悲惨的先兆。

那年梅拉妮·克洛十七岁，刚在永河畔拉罗什市镇的圣方济各中学读完了高二文科班。她生性内向，少有朋友。尽管她从未切实考虑过，自己将来可能以这样或那样的途径走向不确定的学业深造，但她很用功，拿到的成绩也不错。她爱电视胜过一切。她感到难以形容的空虚，兴许是某种焦虑，害怕日子从身边溜走，这种感觉有时钻入她的脏腑，仿佛一口窄小的井，深不见底，只有她安坐在小小的荧屏前，才能平息。

数百公里外，巴黎南郊，巴涅市镇，克拉拉·鲁塞尔正独自偷偷收看"阁楼"的决赛。那年她读高一。在家完全不做作业，但凭借一定的天分和所在高中总体水平的中庸，她能取得满意的分数。她的兴趣都在男孩子身上，特别钟爱金色短发的类型：在她看来，金发是一个市场空隙，竞争没那么激烈，潮流无疑在深棕色头发那边。她表达观点的方式——大伙常常取笑她讲究的用词，又偏爱用复杂的句式——在同龄人中相当罕见，却成了勾引人的杀手锏。她父母都是老师，热心参与社区生活和公共活动，从"笑一笑，正拍您呢"组织成立以来就是其成员（该协会聚集了一批人士，他们渴望不要沉陷在压抑人的技术社会当中，协会在反对一切形式的视频监控的斗争中非常积极主动），该组织呼吁电视观众抵制这档节目，早几周前，还将垃圾倾倒在电视六台总部门前。那天扔出去一堆鸡蛋、酸奶、番茄和不少脏东西。当然啦，克拉拉的父母也参与了这次活动，随后又加入了扎莱亚电视台主导的另一场大规模行动（该频道于新世纪初在免费电视播放方面做了前所未有的探索）。不少于两百五十名激进者企图接近"阁楼"，解放参赛选手。他们甚至成功冲破了第一道防护墙。克拉拉的父亲菲利普还上了电视二台的一则新闻简讯。

"红十字会都能进到关押囚犯的营地，我们主张同等权利！他们营养不良，疲惫到死，暴露在聚光灯下，一直在哭，你们放了人质！"他对着记者的话筒宣讲。

"放了母鸡[①]！"他们重新开始齐声呐喊，然而共和国治安部队的路障阻止了他们继续前进。

可以说，决赛之夜忙着参与"我们希望生活在哪种社会？"

[①] 2001年3月，扎莱亚电视台组织的"阁楼突击队"暨解放电视六台节目人质行动中，曾打出标语"放了人质"" （至少）放了母鸡"。母鸡是"阁楼故事"录制棚中饲养的家禽，为选手提供鸡蛋。

主题集会的克拉拉父母,本不想让刚满十五岁的女儿利用他们不在家的空当,沉迷于这档恶魔般的节目,它堪称某一类世界的明显征候,在这样的世界里,一切都变成商品,受到自我崇拜的统御。

当晚有一千一百万名观众收看了"阁楼故事"决赛篇。从未有电视节目激发过人们如此的热情。平面媒体起初广泛讨论了此类综艺形式进驻法国,之后,从揭露到反弹,媒体彻底卷入局中,给了它不少头版、专栏和辩论的篇幅。连续几个星期,社会学者、人类学者、心理学者、精神病医师、精神分析师、新闻记者、社论撰稿人、作家、评论写手轮番剖析了节目细节及其成功。

"将来会说,在它之前怎样,从它以后又怎样……"到处都能读到这样的言论。

从前想上电视,是为了出名。现在上了电视,也的确出了名。将来他们永远都是头一批人。他们是先驱。

二十年后的今天,油管(Youtube)视频网站将公开第一季当中的热门时刻——包括众所周知的洛阿娜和让-爱德华"泳池"现场,以及选手进入别墅以及无删减的决赛全程。在其中一条视频下方,最高位的网友评论听起来像是神灵的预言:"在这个时代,地狱之门被人打开。"

兴许,确实是在那几个星期,一切便开始了。荧屏如此具有穿透性。观者和被观看者的位置被打通。如此渴望被看到、被承认、被赏识。这个念头让每个人、所有人都触手可及。无需生产、创造、发明,就能获得"一刻成名"的资格。只要待在画框里,或者面对镜头展示自己就够了。

新媒体的到来将快速加剧这一现象。从今往后,全靠图片、评论这类足迹的指数上升，每个人才得以存在，而且很快我们会发现，足迹无法被消除。互联网和社交网络将为所有人提供服务，它们不久将取代电视，成倍扩张机会圈。从各个角度展示自己，外表、内心。现场直播，平台代理直播。电视真人秀和同类见证式的变体将逐渐蔓延到许多领域，并在长时间内强行指定它们的规则、用语和叙事模式。

对，一切都是从这里开始的。

梅拉妮的母亲跟她讲话，头一个字通常是"你"，省去直接表达自己情绪，后面再跟一个否定句。"你成天啥也不干，你改不了的，你事先没跟我说，你没把洗碗机清出来，你反正不能穿这身出去。""你"和"不"密不可分。高中毕业会考，梅拉妮分数刚及格，不过第一回就考过了，她拿到文凭后选择攻读英语系，母亲却说："你别想我们再供你读十年书！"读书、干一番事业，是男孩的专属（克洛夫人非常遗憾自己没生儿子），女孩则最该惦记找个好丈夫。她本人一心扑在孩子教育上，始终理解不了梅拉妮为何想离开家乡，认定这选择的背后有某种赶时髦的心态。"可当心点，别放屁比屁股高。"她补了一句，破例没以"你"开头。虽然这样警告过，梅拉妮还是在十八岁那年夏天，收拾一箱行李搬到巴黎。起初她住在巴黎七区一间楼台上带厕所和洗手池的女佣房，每星期做四个晚上的临时保姆作为交换，后来又在十五区租了个很小的单间（她已在旅行社找了份零工，父亲每月寄来两百欧元）。

她本来没法解释自己怎么会从这种状态走出来，离开大学，全职为旅行社工作，只能说，有时在她看来，一切早已注定，无论成与败，而且没有丝毫迹象给她鼓舞，勉励她继续学业：她各科成绩还好，可其他同学讲英语已经不带口音，还写得一手流畅的英文。最重要的是，以"现在进行时"为基点，她试着把自己投射到将来，结果什么也没望见。一无所见。前任女助理岗位一空出来，旅行社的女经理就把岗位推给了她，兼人事和行政两方面的职能,她说可以。日子一天天飞快过去,她感觉找到了自己的位置。到了晚上,她回到紫罗兰街的小单间,现在房费是她自己出,备好一餐盘饭菜,她绝不会错过任何一档真人秀。到目前为止,她最爱"诱惑岛",哪怕在她看来有些伤风败俗,也爱看"美国白马王子",这个更浪漫。周末,她会和女友杰丝(初中认识的老友,她也搬到了巴黎)一起出门泡吧喝啤酒,要么到夜店喝橙汁伏特加。

过了几年,面对在线旅游行业日益激烈的竞争,此前让梅拉妮踏入职场的旅行社正经历一段困难时期,离破产不远。

一天晚上,在浏览一家专门招募真人秀选手的网站时(老实说,随着时间推移,她也应征过几次类似的通告,但从未收到回音),她撞见一则新的启事。只需年龄在二十到三十岁之间,单身,并上传两张常规需要的照片即可:一张大头照,一张全身照,最好穿紧身连体衣或泳衣。不管怎么说,她想,能有几天盼头,怀揣梦想过几天,总比没有好。一周后,对方联系了她。一个年轻的嗓音,她花了好几分钟才确认对方性别,问了她二十来个问题,涉及她的爱好、外貌和动机。她有两三处细节没说真话,显得比她本人更机灵些。要想获得入选机会,她必须证明自己有独到之处。下星期会找她面谈。

约定的日子到了,她花了一个多小时选衣服。她意识到自己需要确立一种风格,好认又醒目,一下就显出她性格的主要一面。困难在于她每天都穿同样的款式——牛仔裤,毛衣,长袖衬衫——仔细想来,她也不确信自己有什么性格好展示的。

梅拉妮·克洛梦想自己能够大放光彩,招来所有目光;可她仍旧是自己讨厌的那种拘谨的、外形朴素的姑娘。

最后,她选了最紧身的长裤(虽然面料是莱卡纤维,但她还得躺在地板上才能拽上拉链)和雀巢公司给的广告 T 恤衫——父亲刚被提拔为该公司高管——她在胸部以下裁开,去掉了品牌商标。她穿上运动鞋,然后在镜子前打量自己。她剪得略过头了:文胸有好大一部分露在外面,但不可否认,风格也出来了。面谈定在下午六点。为了确保不迟到,她提前请好了一下午的假。

她提前五分钟到了制作方办公的地点。手上涂了淡粉色指甲油,而她的妆容——颧骨几乎没有上色,睫毛也是淡淡一刷——令她看起来更青春。她被带进宽敞的方形房间,中央架设一台立式摄像机、一张高脚凳。那个一言不发、领着她穿过迷宫般走廊的男孩走开了,留她一人在房间。梅拉妮等着。几分钟过去,然后是一刻钟,然后半小时。她坚信摄像机正在暗中拍她,于是拒绝表现出丝毫的不快或厌烦的迹象。毫无疑问,耐性是成为优秀的真人秀选手所需的素质之一,所以她决定继续等待,而不去表现自己,她深信这是某种考验。

一个小时过去,一个气疯了的女人突然出现在房间里。

"好啊,您就不能说一句您在这儿了!要没人提醒我,我可猜不到啊!"

"我……不好意思。我以为您都……知道……"

心思乱了,梅拉妮呼吸骤然收紧,只能发出一丝声音。

女人缓和下来。

"您要想别人听见您,就必须发出更大动静。您多大年纪?"

"二十六岁。"她的回答几乎没有提高音量。

那女人要她面对镜头站好。然后是侧身,背对,再侧身。要她走两步。笑一笑,捋头发。问了她一系列问题——她体重多少,优点有哪些,喜欢自己外表的哪些方面,反过来又讨厌哪些,最常被人批评什么,可有什么情结,理想的爱人是什么样的,未来会不会为了爱人改变衣着、态度或者相貌——梅拉妮尽力给出最好的应答。她觉得自己圆了些,但并不丑,她直爽乐观,梦想与一位温柔、善于倾听的男子产生深厚爱情,她想要孩子,至少两个,对,为爱情,她已经准备了不少内容,但绝非一切。

面试还没结束,那女人就显出厌烦(她曾受过法国真人秀标志性制作人阿丽克夏·拉罗什-朱贝的栽培,后者有句名言:"好选手要么勾住您,要么惹毛您。要是招人烦,就让他滚蛋")。可梅拉妮惹恼了她。兴许是她嗓音刺耳,随着情绪高涨而拔到高音区,又或者是她那双大眼睛让人联想到卡通奶牛。已有很长时间,所谓的封闭式真人秀不再满足于全天二十四小时拍摄几只幼年豚鼠深渊般的空虚。在基本的展览原则之外,还必须追加其他要素:剧本情节安排,去除各种压抑,强化性别特征。人员也随着人名发生了变异,无论真名还是化名。迪伦、卡梅洛、姬莉亚、克里斯、贝弗利和夏娜已然取代了本土的克里斯托夫、菲利普、洛尔和朱莉。

有好几次,这位选角女导演考虑过缩短面试时间。她找的不是什么乖乖女。她要找"人渣"、漫画式夸张人物,要谎言和操纵。她要对抗和竞争,要简短的金句,能在将来观众换台时脱颖而出。可她没这么干。霎时间,她心生一念,兴许眼前的候选人比看起来厉害得多。如果在这层平庸的假象之下,隐藏着她从未遇见过的最暴烈、最狂野、最盲目的野心,该怎么办?更危险的是,它被完美伪装了起来。然后这一念头消失,她重新见到眼前的梅拉妮·克洛,一个略显无趣的姑娘,重心从一边脚换到另一边,手不知道该往哪儿放。

一套好的真人秀阵容总是遵循同样的要素,有专业人士总结如下:一个恶毒女反派+一个无脑荡妇+一个开心果+一个帅小伙+一个撩骚小公鸡。然而经验证明,性格不那么突出,也并非没有用处。替罪羊、调解员、呆瓜、带动气氛的天真汉总能派上用场。但即使扮演这类角色，梅拉妮也是第二人选。

她用红笔在面前的本子上标记：

路人小妞。答复：不了，谢谢。

"我们会给您回电。"她坚定地说，一边朝门口走去。

梅拉妮从椅子上拿起包，跟上她。当她抬起手臂穿外套时，选角导演一眼就注意到她丰满的乳房，就像从T恤衫下面蹦出来一样。梅拉妮的胸真的很大，没整过，灵活，一看就很柔软，粉红文胸的蕾丝花边几乎兜不住它。带着疑惑或者说直觉，就在这姑娘准备乖乖离开房间时，她一个手势拦住了她。

"跟我说，梅拉妮，你交过几任男朋友？"

"您说的男朋友是什么意思？"梅拉妮问，意识到自己在做最后一次尝试。

"那我更直接点，"女人叹了口气，"你和多少人睡过？"

几秒钟的沉默，而后梅拉妮直直同她对视。

"没有过。"

她走后，女导演在她照片底下用红笔写：

二十六岁。**处女**。

然后画了三道着重线。

刑警队案卷——2019年

女童金米·迪奥失踪案

内容：

转写使用梅拉妮·克洛（迪奥夫人）最新发布的几则照片墙故事视频。

故事二

发布于 11 月 10 日 16 时 55 分

时长：38 秒

梅拉妮·克洛在自己车里。她拿着手机，举到一臂远，对着镜头说话。使用的滤镜名称（"鹿眼"）印在屏幕左上角。

随后她将设备转向她家小孩，两个孩子都安置在车后座。沙米朝着镜头微笑，金米吮拇指，同时鼻子蹭着骆驼布偶。小女孩不理睬那部瞄准自己的手机，也没笑。

梅拉妮："咕咕，亲们，千万分感谢！你们有超多人帮我投了票，给金米选定了耐克 Air 金色款！当然喽，和往常一样，我们采纳你们的建议，就买了这双！它们超——级——棒！太感谢你们帮忙参与进来。等下我和你们分享这双鞋，这样你们就能看见它穿上脚的样子。超适合她！！！

"现在我们要回家了！不会抛下你们的！待会儿见，亲们！"

克拉拉·鲁塞尔刚在索邦大学完成法学学士学位，决心参加国家警察考试。她二十四岁。怎么会动了这个念头，就一天早上，对此她没法解释，之前几日没有任何迹象能预示这一转向。她最多只能提及对正义的需求，渴望感觉到自己有用，以及保卫、守护国民安全的理想，这么多寻常理由，实际上都只是借口。因为她还不能像后来那样毫无拘束和顾虑地说：我想亲眼见到血腥、恐怖和罪恶。但她很少读侦探小说（除了某个多雨的夏季在布列塔尼读的几本阿加莎·克里斯蒂的书），从不看连续剧。父母答应买家里第一台电视机时，她还是十几岁的孩子，买来也只看辩论和纪录片。不过，有两部在电影院看的片子激发了她的想象：西德尼·吕美特的《冲突》（父亲眼中的邪典片）和莫里斯·皮亚拉的《警察》（她那时交往的男友刚进了国立高等影像与声音职业学院，尝试给她介绍法国电影）。

克拉拉在大学二年级过后离开了家，到十三区合租了一套房，走两步就到了让蒂伊门。公寓租金便宜，家具齐全。三人同住。另外两人正式结成了夫妇，她却觉得并不可信：先不说他俩什么都反着来的，两人之间也没有任何性爱火花。所以嘛。不久克拉拉便发现了家里所谓的"玫瑰花盆"（据称是"秘密"的幽默说法）是什么，即两人各自维系自己一边的真实恋爱关系，都是和同性，他俩的结合不过是打打掩护，好应付思想不太开放的父母。克拉拉的家长倒是能毫无困难地接受他们的女儿是同性恋，这并非出于成见，但当她告诉他们说她报考了国家警察考试时，他们以为是个恶趣味的玩笑话。

"第一项考核是通识论文写作。"克拉拉接着说，她刚给他们解释过,对外的警官考核仅面向具有学士学位或同等学历及以上者。如果她考过了,考完不久就会入学。

这些细节和女儿所用的口吻,排除了最开始的假设,已度过青春期的孩子没在开玩笑,迫使父亲坐下。有好几分钟,他呼吸困难,克拉拉想起他惯用的说法,"喘不过气来"。母亲双手颤抖,避开她眼神。

"我们能在互联网上谈论一切吗?"是那一年向考生提出的通识作文主题。随后克拉拉又通过了从行政文件出发、解决实际案例的一项考核,然后是涉及一般行政法和公民自由的简答问卷,最后是确认复试资格的刑事诉讼笔试。之后她收到参加体能测试的通知:心肺耐力测试和综合体技能科目。她顺利通过了前一项,后一项留给她的印象是好坏参半。克拉拉身材小巧。"该死的小娘们",她叔父德德这么说,这一措辞让她大为光火。童年的她做过各种体检,想找出身材矮小的原因。有那么几个月,甚至考虑使用生长激素疗法,之后蕾雅娜和菲利普答应女儿,决定顺其自然。成年后,克拉拉长到一米五四。她个头小,但比例完美。敏捷,爱运动,她不缺乏耐力,也不惧怕考验。体测当天,在某位四十来岁、仪表和魅力都没有逃过她注意的金发男教官注视下,先是一个充满希望的开场,接着她在平衡木上失去平衡,栽下地,重新站起,然后朝错误的方向飞快跑去。

体育馆内爆发出阵阵笑声,一个响亮的声音打趣道:"出口这边走。"克拉拉停步,花了几秒钟平复呼吸。她望进教官双眼,从他的脸色窥测自己能否获准继续。男人的表情难以解读。她带着傲气,只字未言,重新回到了赛道。

到家后,克拉拉觉得自己场上体技能的发挥虽不稳定,但面对嘲讽,她展现出某种不容置疑的耐受力,这一点,在警察队伍中,想来能派上用场。

一天上午九点，梅拉妮接到了电话。她被选中参加"暗室约会"第一季全程录制！被挑中，被留下，被选上。她高兴得跳了起来，重复了好几遍："不会是真的吧！不会是真的吧！"随后她被一阵强烈的呕吐感攫住，不得不趴下来，肚皮贴地。然后她打电话给母亲，母亲起初以为她在编故事，最后给出结语："你就不能往脑袋里装点主意！"稍后，梅拉妮不得不填写一份无薪休假申请单，录制是在一星期的正中间。时机并不理想，但经理准假了。

到了日子，一名选手助理开车将梅拉妮送到尚布尔西镇，那里是制作组租用的房屋所在地。

现在维基百科上仍然能找到该节目的介绍：

"'暗室约会'是一档法国电视节目，自2010年4月16日至2014年4月11日（全三季）在法国电视一台播出。"

页面简要描述了节目的要素：

"他们找得到爱情吗？单身的三男三女聚在一栋大型别墅里：男生住一边；女生另一边。唯一的公共房间是间暗室，配备了红外摄像头，他们被召集到这里，在彻底的黑暗中相互了解。随后他们要选择一名同伴，和对方在暗室里重新面对面相会。节目的最后，他们会在明亮环境下找到选定的同伴，之后必须决定两人是否愿意走得更远。

"节目收视率令人失望，最终被'谁想嫁给我儿子？'接档。"

三个姑娘当中，梅拉妮第一个到。衣橱里，写有她名字的标签划定了属于她的地盘，她把随身衣物放进留给她的位置。她带了最显眼的衣服，却被告知，如果她觉得有必要，制作组可提供贴合她风格个性的服装。又一名选手助理探出个脑袋，看她是否需要点什么，她说不要，尽管她很饿、很慌、冻坏了（监制忘记给卧室电暖器接上电源）。他要她回到客厅，因为另外两名选手马上就到。眼下她不得不去面见她的对手了。等她们互相认识的时候，她们的反应自然会被拍下。坐在铺着粉红色织物的宽大沙发上，梅拉妮想起洛阿娜。但这回是她，梅拉妮·克洛，面对镜头，在屏幕的这一侧。站在画面中央的她，很快就会被数百万观众看到，在街上被认出来，被追随，被崇拜。一波情绪裹挟了她，有几秒钟时间，她看见自己走出一辆豪华轿车，被潮水一般挥舞着迷你口袋本或照片索要签名的粉丝淹没，她能从身体感受到爱与仰慕的冲击，以及它带给她的快乐——受宠的状态，从前的缺口终于被填上——但很快，她意识到幻想过头了，意识到它开始在她脑子里释放一种强劲的、令人上瘾的分子，梅拉妮甩掉了这个幻象。

　　透过落地窗，她看到一个金发姑娘朝门口走来，身后拖着一只巨大的行李箱。有那么几秒，她的眼神无法从金发姑娘腿上移开，超长、细瘦、深肤色的双腿，被少说也有十厘米的细高跟拉得更长。她感觉血液从脸上流走，向双脚回流。显然竞争会非常激烈。萨瓦娜走进房间朝她打招呼，语气中流露出傲慢和她想要成为直男意淫对象的自觉：她在撩拨情欲和感官愉悦方面的优势，罕有女性能与之媲美。她穿了豹纹抹胸和黑色皮革超短裙，"说不好听点，像围了条皮带似的"，梅拉妮想。她努力掩饰自己的焦虑，拳头捏紧。她已经有好几年没啃指甲了，但有时冲动会以强迫的方式卷土重来。两人贴面拥抱了一下，而后在摄像机的热切注视下，你一句我一句地闲聊。为避免戏剧张力的过度缺失，真人秀早已放弃了实况直播，但她俩都知道，她们的每一句话、每个动作都可能在剪辑中得到保留。然后第三名选手到达，萨瓦娜是金发，这位是棕发，"一样俗气"，梅拉妮想。尽管如此，她还是被她的发型（乌木色的长发，笔直而有光泽）和牛仔短裤迷住了，抽须磨破的牛仔面料不能完全包住臀底。她很美，也属于非常撩人的性感之美，梅拉妮永远无法企及；最重要的是，她羡慕那种捕获人心的力量。

介绍环节一结束，就要求她们穿上最性感的服装并去化妆。之后在客厅碰头。梅拉妮在自己床上发现一条短裙和一件露背衫，她没有提任何问题就穿上了。接下来由女化妆师负责给她提升气色。梅拉妮担心粉底用得太多，男助理和气地向她保证：他们是内行。男发型师用烫发钳拉直她的头发，对她的发色大加赞叹：他很少见到如此浓郁的栗色。待到她对着镜子打量自己时，夜色刚刚降临。梅拉妮感觉见到了全新的自己。优势放大，得以升华，但不会长久。"因为四轮大马车总会变回南瓜，"她想，"舞会礼服会变成破布衫。"

到了客厅，有人给她们端来第一杯鸡尾酒。是梅拉妮不熟悉的蓝色利口酒，掺了苏打水，再配上一片柠檬，渐渐让她的四肢、脖颈、肩膀放松下来。在别墅那一边，她们无法进入的房屋一隅，男生们已经到了。几杯酒后，姑娘们开始大笑，意气相投的甜蜜氛围笼罩着她们。沙发上方扩音喇叭功放的制作组画外音或多或少引导了话题的走向。让她们描述各自喜爱的男性类型，解释自己单身的原因。维妮莎和萨瓦娜喜欢肌肉发达的壮汉，梅拉妮偏爱圆润、微胖的类型。"有点熊男那种。"她说得更明白些，然后她们仨大笑出声。萨瓦娜有个孩子，由她独自抚养，维妮莎刚和一个善妒的男人分了手（痛苦的表情从她脸上一闪而过），梅拉妮解释说，她这人浪漫爱幻想，期待遇到她的"另一半",那个将来能一起组建家庭的男人。

又是三四杯鸡尾酒,画外音再次切入,吓了她们一跳:"萨瓦娜、维妮莎还有梅拉妮,你们到暗室,有人等候……"

梅拉妮事先没想到黑暗如此浓重。她摸索前进,双手探向前方。碰上一个阻碍,意识到那是把扶手椅,于是坐了下来。能看见的,只有房间四角的红外摄像机指示灯。萨瓦娜和维妮莎跟在她身后进屋,她帮她们找到自己座位两旁的扶手椅。女孩们安顿下来,就让男生进来了。旋即,一阵浓郁的麝香气息在房内弥漫。

黑暗在她眼里从未这样黑过。每个人报出自己的名字,女生先,男生后。常规介绍一结束,画外音便怂恿他们起身,多用触觉来相互认识。

"你们可以互相去碰、去摸、去脱!你们看不见彼此,但必须运用其他所有感官去互相认识。"

其中一个男生靠近梅拉妮,搂她的腰。年轻姑娘身体僵住。可约安还是察觉到她的胸围,为求确认,把她往自己身上压得更紧。当他把脸埋到她颈间吸她的体香,她不禁向后一退。

"哦哟……跑了,骚货!"他叫得太响了。

画外音插入。

"梅拉妮,别愣着,去认识那几位追求者。"

就在身旁,她听见几声喘,还有咯咯的笑声。萨瓦娜和卡梅洛显然已经走到了一起。

约安没了兴致,绕开她,去找维妮莎。

这一环节余下的时间里,女孩男孩互相碰啊嗅啊,摸来摸去。三个男生围住另两个女生,伸爪探险,悠哉浪荡,又很情色。这是在彼此勾引,相互诱骗,毕竟他们几个的结局走向取决于此。在自己周围,梅拉妮能闻到阵阵的汗臭,混合了各式香水;欲望的气息,强烈、刺鼻,逐渐蔓延到整个房间。用不了几分钟便足以打发她出局。画外音反复要求男生近她的身，他们照做了，却再没碰过她。

她算不清过了多久，在无限长的一段时间后（看剪辑，这组镜头只持续了十分钟左右），画外音命令她们离开暗室，回到各自的场地。

之后备采环节，每位男生都必须在镜头前表明他想和哪个姑娘一对一碰面，梅拉妮没被任何人选中。

次日，她在一名选手助理陪同下退出比赛。制作方允许她自留裙子和露背衫，同时不无用意地送她一套由赞助节目的化妆品牌提供的彩妆盒。

车里，她哭了一会儿。想着或许是个法子，把彼此的尴尬降到最低，选手助理开大了广播的音量。

梅拉妮看着树木、田野、村庄一一掠过，而后，到了巴黎市郊，出现了货栈和一排排房屋。车子汇入环城大道的车流时，她把目光落到悬在一幢崭新大楼顶部的欧莱雅"纷泽"系列口红的巨幅广告牌上。她盯了一会儿它明显厚重的哑光质地。口红管就像丰碑、阳具、军旗那样竖着。在它后面，蕾蒂西娅·卡斯塔的面孔反射着不知从哪里打来的光，仿佛只为她一人独照。于是一切都明晰了。她将成为这群女子中的一个。她想要那温暖的光，想要雕琢面容的光影，甜软的嘴唇。不出几个月，旅行社就会倒闭，她将失业，但她不会回到永河畔拉罗什老家。不。她要留在这里，巴黎，因为这才是"一切"兴起的地方。

她将留在这里，终有一日，她会成名。

刑警队案卷——2019年

女童金米·迪奥失踪案

内容：

转写使用梅拉妮·克洛（迪奥夫人）最新发布的几则照片墙故事视频。

故事三

发布于11月10日17时18分
时长：42秒

梅拉妮·克洛面向镜头。只能看见她的脸和上半身。叠加的动图和动态表情符刷了满屏：各种颜色的爱心、小美人鱼、冰雪女王艾莎，还有另一个迪士尼角色（熊？）举着手牌，上面是一颗扑通跳动的心。

梅拉妮："咕咕，亲们，我们刚从购物中心回来，你们能想象吗？小金小沙又出发了！打打方向盘开车过来要不了多久的！其他小伙伴都在小区里玩呢，他俩刚下车和大家会合。我猜他们在捉迷藏，我得趁这会儿把买来的东西放好，还要准备晚上做煎饼卷的面糊。哎，对嘛！早上和大家说过，今天晚上，又是星期三，你们都知道的，每个月一次，到了星期三，就到了……煎饼卷派对！当然啦，肯定会有'能多益'榛巧酱！（画面叠加了一罐'能多益'动态图片。）

"你们都知道沙米！煎饼卷必配榛巧酱！等下我跟你们分享食谱，还没记下来的可以关注下。

"好啦亲们，不会忘了你们！待会儿见！"

五彩缤纷的爱心雨倾泻在屏幕上。

每个家族都在培育自家的神话。再不济也是自家故事的史诗版本，随着时间渐趋丰满，一点一滴加入各种壮举、巧合、杰出的细节，甚至是零星的捏造。克拉拉一家子——她父母、祖父母、叔伯婶姨，以及后来的表亲们——都喜欢讲述罢工、示威、集会，总之是一系列的斗争，不论输赢，多少带点和平主义倾向，从而将家族史锚定在一段久远的社会斗争传统当中。每一串日期都有意义：蕾雅娜和菲利普于1985年6月在"种族歧视救助"协会举办的协和广场大型联欢会上相识。克拉拉是在反对德瓦凯提出大学改革法案的示威活动当晚怀上的，等她长到九岁，这对夫妇才结了婚，就在朱佩撤销针对特殊退休制度和社会保险融资法案的第二天。

随着时间推移，故事的版本多出不少微妙之处，像小说似的，偶尔会破坏时序的严密性。我们只需琢磨一下，那些个日期便不大能够同时成立。比方说，1986年出生的克拉拉怎么可能是同年11月怀上的？

但1995年那场著名的罢工抗议运动，克拉拉仍记得很清晰。她父亲正忙着在队尾疏导那些出列的人，不巧松开了她的手。她没有任由人流裹挟而去，而是被拉扯到一旁（还是自己挣脱了？），然后站在人行道上等他。她过了几分钟才意识到父亲不见了，她走丢了。喇叭反复喊着口号，令所有求助的尝试都落了空。她决心原地坐下，嘴里重复着示威者高呼的一句话，这一句比别的更讨她喜欢："谁播下痛苦，谁收获愤怒；谁播下痛苦，谁收获愤怒！"渐渐地，最后几列队形从小姑娘面前经过，挥舞着标语旗帜，敲打着锅碗瓢盆。她并不害怕。三两个好心人停下来关心她在做什么，她给出了同样睿智而冷静的回答：她在等妈妈，妈妈去厕所了。其实蕾雅娜就在旁边队伍里，和她罗曼·罗兰学院的同事一同游行，照顾小家伙的担子留给了菲利普。克拉拉知道，在任何情况下，她都不该跟陌生人走。

她不怎么熟悉巴黎，所以她多停了一会儿，观察周围豪斯曼风格建筑的外墙。见两名穿制服的警察走来，她才开始感到冷。她一直听人说要提防"条子"：于是跳起来企图逃跑，很快被那个年轻的警察逮住。自她父亲不见后已经过去多久，她也说不出来。这桩逸事的头几个版本说是二十来分钟，后来又说半小时，再后来又以某种确凿的口吻说是等了两小时，这不太可能，但听起来更揪心。

能确定的是，克拉拉最后在巴黎十二区警局被找到，几名警员试图联系上她父母。她刚和年轻的实习警察下过棋，还有一位首长模样的大胡子先生，他给她一颗棒棒糖。

这就是六月那天重回她脑海的画面，当天她不得不告诉父母，她确确实实通过了国家警官高等学院入学考试。几个星期以来，蕾雅娜和菲利普惊讶地发现，原来他们是希望她考不过的，与此同时，克拉拉告诉他们接下来一连串的考核：一旦被预录取，她必须通过书面心理测试，然后是针对个人情况的考核，接着是评审团面试，最后还要进行英语口语测试。一个个环节列下来，她父亲忍住了没问她：既然层层选拔考核这么深入，为何"条子"还是那么蠢。

收到录取通知邮件那天，克拉拉决定当面告诉他们这个好消息。心里一方面会胆怯，另一方面又命令自己要有信心。父母一直很关心她的成长，尊重她的个性。不是让她高中毕业后去了伦敦，不必马上开始接下来的学业吗？而在两年后，得知她不再在一户郊区人家做互惠生，而是在夜店做服务员，他们不也表现出了幽默感和宽容吗？

克拉拉从第一栋楼的门廊下经过，穿过小区花园。她想起儿时的游戏，想起那一大堆鞭炮，她为了解闷，在小树林里引爆它们，要么寻着机会，就连着狗屎一起炸。她进入第二栋楼，一步迈四级上了楼梯。她感到喉咙发紧，担忧蔓延至全身。到了三楼，她听到音乐声。都这个时间了，完全不符合她父母的生活习惯，她按了一下门铃，没人来开门。她母亲肯定在里屋。她又按了一次，然后掏出钥匙。一进门，她发现父母、舅舅帕斯卡尔、舅妈帕特里夏都扮成"条子"模样。四个人排成一排，组成热闹又不守纪律的仪仗队。那些军帽和哨子哪儿弄来的，看着像真货，她一直没弄明白。

"查身份证！"帕斯卡尔叫道。

大家都笑了，给她让道。是她室友走漏了消息，还预先通知她会过来。桌上摆着几瓶香槟和葡萄酒，种类缤纷的蛋奶火腿挞、奶油水果馅饼、各种涂抹酱，他父母是集会、聚会还有集体野餐会的常客，知道备餐的秘诀。这是想告诉她，尽管他们有着不理解——或者还有遭背叛的感觉——他们也都掩饰好了，他们已准备好和她一同庆祝她的胜利。他们碰杯。表弟马里奥和表妹埃尔维拉双双铐着手铐，即兴编排了一场舞蹈。

晚会结束时，过来和他们一起吃饭的叔父德德抄起蕾雅娜的吉他，唱起雷诺的《六边形法国》：

> 法兰西是条子的国，
> 每个街角都有上百，
> 为了维护公共治安，
> 他们杀人不受制裁。[①]

正当她准备回嘴，菲利普拉起女儿进了厨房。他让她坐下，花了点工夫打开窗子，然后才坐在她面前，清清喉咙，点了支烟。他张口想说点什么，说点正经话，也许他提前准备了，一句话，一条建议，一个鼓励，有力又确定的东西。却什么也没说。泪水涌上他的眼眶。他叹口气，只是笑了，手掌摊开，做出投降的表示。

很久过后，他的笑仍停在克拉拉的记忆里，干净、清晰，盖过了余下的一切。她父亲是警句、格言、发表政见和星云般晦涩理论的王者，它们从数学公式发展而来，他将数学公式搬运到日常生活的无常当中，自娱自乐。然而那一晚，他想说的话太简单，所以它们自己飞走了。他想说：照顾好自己啊。

几个月后，他去世了。

[①] 《六边形法国》，雷诺·塞尚作词作曲，©法国华纳音乐版权：参考米诺音乐库数据。

她们二人初次见面，距梅拉妮·克洛定居巴黎大区和克拉拉·鲁塞尔进入国家警官高等学院已过去十年。十年一阵风过去，又如警棍一记敲打，回过头看，昏昏沉沉，跌跌撞撞，搞不懂怎么过的。那是青春的年代，飞驰又充满决断，如果我们向她们提问，恐怕两人都很难给它定性。也许她们会说：既开心又难过。那些年岁很快闯进了一片薄雾，雾越来越浓，但从中浮现出几个日期：行政办事的，情感相关的，有象征意义的。

2011年，梅拉妮·克洛同布吕诺·迪奥结婚，几个月前她在交友网站"花花世界"与之"匹配"。她曾一度考虑改随夫姓，甚至想过着手去掉迪奥（Diore）那个不发音的e（在她看来，Dior更时髦，且毋庸置疑，能将她置身在另一个圈层），但考虑到手续复杂，又必须提供合理的依据，她还是放弃了。最终，她保留了娘家姓。同年，诞下一个男婴，沙米。丈夫比她年长些，当时在一家计算机工程服务公司工作，刚得到大笔加薪。她决心不再担任已做了一段时间、同他一家公司的行政助理，好全身心扑在儿子身上。婚后，他们搬到沙特奈-马拉布里——布吕诺的父母住在当地，在那里布吕诺曾度过一段青春期——某新建小区一所大宅子，距离索镇公园就两步路。两年后，一个名叫金米的女婴诞生，这对夫妇正经历一阵艰难的时日。梅拉妮决心继续做全职母亲，她非常中意这种生活方式，同时期盼着未卜的前程。

在巴黎十四区警局"SAIP局"（接待和邻近调查部）工作数年后，因其出众的前瞻意识、推理能力和罕见的写作技巧得到上峰赏识，克拉拉·鲁塞尔得以加入巴黎刑警队。按照征聘阶段的规定，她之前在这里做过实习，坚定了她在执法队伍内部工作的意愿。即便她曾想加入未成年人保护队，可在恋童犯罪领域所见闻的冰山一角已令她望而却步：面对这些，她尚不够强大。在刑侦部门工作的头两年，克拉拉有幸领略了"36总局"（巴黎大区警察局犯罪调查部）各处著名场所。大区警局随后迁至十七区的棱堡路。搬迁并不总是令人好受，它导致不少人离职调动。队里好几位传奇人物选择在此际离开。随着这些调整，克拉拉获得一个诉讼岗位，比料想中更快。这样一来，她加入贝尔热小组，这是参与习惯法调查的六个小组之一。

诉讼人，这一称呼并不会让人感觉梦幻，却是她的梦想。听起来刻薄又乏味，甚至有些令人反感，可她乐在其中。那远不是电视剧所传播的虚构内容，远不是什么高危盯梢、铁腕逮捕、特情网络、渗透进黑帮内部的夜晚。不过，要是没她，抓捕就没戏。从最初几分钟到调查结束，克拉拉用文字图像记录下每一步。她喜欢阐释她的工作，像这样的工作只在刑警队有。诉讼人对送达法官或检察官办公室的案卷负责：确保其严密、可靠、无错漏。首先，她主理犯罪现场全部勘验检查，收集所有痕迹形迹，照管封存物证。接着，她经常要列席尸检，提供法医所需的信息。之后，她要负责所有委托给第三方的研究，以及所有递给刑事审判庭的要件。负责它们的关联性和一致性。除了自己的文书，克拉拉还会重读同事们做的笔录。她指出薄弱环节、灰色地带，她询问细节，质疑措辞。有时会因为某条线索过快被放弃而感到错愕。

让诉讼文书立得住……如果可以，让它存进档案柜，这是它的职责所在。让它可读、能理解、无可指摘。钢筋混凝铁板一块，任哪位辩护律师都挑不出形式瑕疵，不留任何侥幸，让所有敞开的门关上。她有时会笑着补充说，就是个强迫、刻薄的文书工作。

她的声誉无以复加。无论内容还是形式，没有哪样能逃过她的眼睛。她可以打回一份报告，理由是句法有待改进，且某处语法结构导致不在场证明出现漏洞。

而在更私密的层面——她从未放声谈论这一话题——克拉拉曾两次恋爱。两次她都放弃了。某种感觉，某种脾性，某种恋爱时固有的脆弱，某种生理和身体状况，其本质是等待，是依赖，或简单来说，是流动的变化，在她看来，这种状态降低了她的才能，而不是将其倍增，最终她总能克制住那股冲劲。继而恐慌涌了上来，突如其来的非理性的恐慌，迫使她抽身而去。最后一次恋爱经历，最强烈最执着的一次，也不过维持着电子邮件的通信。克拉拉给她心爱的男子写了很多信，对方沉默了好几个月，终于同意给她回信。

自从加入刑侦部门，克拉拉一直住在圣芒代，住宅楼隶属警察总局，楼里大部分住户都是"条子"。周边的家庭陆续组建了起来，人们纷纷大了肚子。生育不在她计划之内。一方面，她不确信自己已经长大成人，另一方面，时代似乎充满敌意。她能感到某种无声、深刻、隐秘的突变，某种前所未有的暴烈正在出现——步子迈得太大，在时间的长征途中跨越一道致命的门槛——没有人能停下它。在这张没有梦也没有乌托邦的巨大网络中，抚养一个孩子在她看来就挺疯的。

三四岁时，父母把她带到比利时边境附近的菲利普母亲家。克拉拉很喜欢奶奶，可奶奶住在阴暗的公寓里，家里堆满了让她害怕的东西、小摆件和油画。奶奶很高兴让孙女过来住几天（蕾雅娜和菲利普都计划给自己放个假），她准备了一餐午后点心款待他们。尽管见到父母马上要离开令她焦虑，但克拉拉依然老实地坐在高脚凳上，对着她的热巧克力。接着，一吃完点心，她就用十分得体的口吻说："奶奶，你家真好看，可你知道……我不能留下来。"

有些夜晚，克拉拉饮完几杯酒，除了为自己单身独居状态正名而鼓吹的那些常规性辩解外，她会想起时代和世界的走向。内心的错位感，以及徒劳然而必要的意识：自己仍然站在正确一边。有时，作为谈话的尾声，就像开了个只有自己懂的笑话，波及的范围也不去管，偶尔她会低声说："其实我也不确定自己真能留下来。"

2019年11月10日下午6时许，梅拉妮·克洛六岁的女儿在自家小区同其他孩子玩捉迷藏时失踪。

听到儿子示警，梅拉妮先绕着花园找了几圈，很快几个邻居也过来帮忙。他们到处喊着女孩的名字，按着次序，一栋栋敲开每一扇门。他们穿过地下室和通道，分成两支人马，让门卫把公共休息室打开。经过一个多小时搜查未果，门卫提议报警。梅拉妮泪流满面。一位底层的住户打电话给分局派出所说明了情况。

半小时后，十多名治安警察出动寻找孩子，在游乐场附近地上发现了金米的"脏娃娃"（旧布缝的小骆驼）。

经一小时搜寻，又有新邻居加入进来，花园里每一道楼梯，每一条小路，每一个角落都被仔细梳理过，最终不得不认定是失踪了。

晚9时许，梅拉妮和沙米被带到沙特奈-马拉布里警局。梅拉妮丈夫布吕诺正在外省出差。接到第一声警报，他就跳上车，不过，按着GPS导航路线，他未能在午夜前赶回家人身边。

一位女警官负责在沙米身边记录失踪时周边环境确切的证词。八岁的男孩似乎受到过大的打击，无法进行正式的询问。尽管过程有些困难，年轻女警还是让他讲出了捉迷藏的经过。从她设法套出的信息看，最后一次见到金米，她正朝垃圾分类房跑去。他特别担心妹妹，看起来疲惫至极。过了一会，孩子揉了揉眼睛，忽然坐着就睡着了。年轻女警官去寻他母亲。梅拉妮·克洛把他轻轻放倒在旁边的座位上，拉直双腿，用自己的羽绒服盖住他。

稍后，在警长S的办公室，要了一杯热饮料后，梅拉妮·克洛做了第一次询问笔录。警长轻快地在电脑上打字，梅拉妮详细回忆事件过程：他们仨从别墅2号购物中心回来，沙米和金米看到其他小孩在玩捉迷藏。其中有个小男孩莱奥马上主动邀请他们一起玩。沙米和金米转向母亲，只等她一声答应。她犹豫过，还是同意了。

她看起来还是冻得不行，警长S让人给她拿条毯子。她随即将自己裹进一条被人落在衣架上的羊毛长披肩，双手拢着杯子。警长任由沉默笼罩在整个房间，倒不是怀疑的沉默——尽管在儿童失踪案中，父母总是首要的嫌疑对象——而是某种中立、空无、要求被填充的沉默。丈夫在路上，等他来了也要接受询问。

梅拉妮终于抬眼看向他：

"我们很有名的，您晓得吧。孩子和我。太出名了……我确定和这有关系。"

警长快速瞥了一眼他的副手，能确定警官F也从未听过这女人和她家小孩。若说是精神障碍，警长S见过其他患者，他们更激动，把自己当成上帝、席琳·迪翁、齐达内。但是经验告诉他，最好的策略是放任他们说话。换成其他场合，他可能会认为，梅拉妮现在声线太尖，听着不舒服，真让人不快。

"有超多人喜欢我们。他们跟我们说话、写信，走几百公里路来看我们……疯了，收到这么多的爱。您都没法想象。可最近出了点造谣诽谤，有些人就盯上我们了。特别怨恨我们。因为他们嫉妒……"

"嫉妒什么，克洛女士？"他尽可能柔声询问。

"嫉妒我们幸福。"

意识到对方并不相信，梅拉妮掏出手机向警长和副手展示她在油管网站运营的频道，粉丝订阅达五百万。"快乐小憩"发布的每条视频都有数百万的观看次数。随后她又登录照片墙账户。她解说这些数字：除了关注人数和观看次数外，关键是点赞和评论数。所有这些都很重要，她坚持说，所有这些都让人……她停顿片刻，想换个词，却没找到其他说法："对，所有这些都让人变成网红。"

问起运营收入，她拒绝回答。根据与平台签的合同，她无权透露这些信息。警长 S 严肃提醒她，这关乎她女儿的失踪。他明确说："我们担心对方出于恶意理由实施了绑架。"当她最终承认年收入"超过"百万欧元，上述假设在他头脑中愈发坚定。警长忍不住吹了声口哨。他打电话给当值的地方法官，类似案件程序规定他这样做。

晚9点半，一条简短的私信发送到梅拉妮·克洛照片墙账号。发送者名字未知，账号也没有订阅者。让人不禁认为，账号创建的唯一目的就是为了发送以下信息："失踪孩子……交易待定"，证实了索要赎金的猜想。

晚9点35分，鉴于第一批证词，也考虑到这家人的名气（母亲的说法已得到证实），南泰尔检察院决定将此案移交巴黎刑警队。

晚9点55分，从上午开始待命的贝尔热组进驻蓝鱼小区。克拉拉·鲁塞尔和她的组长第一批赶到，很快，部门领导和刑警队长也加入进来。类似情形下，层级制度切实发挥着效力。

半小时后，二十来名侦查员部署到位。他们着手摸排街坊邻居的工夫，克拉拉·鲁塞尔划定了物证提取范围，并给司法鉴定技术人员下达了指示。

在孩子玩偶掉落的地方，她圈出一片宽阔的场域，拉起塑化警示带。停车场和垃圾房也禁止出入。

布偶，几张用过的餐巾纸，二十几枚烟头，一团印有面包店标志的油污包装纸，一颗乱蓬蓬的芭比娃娃脑袋，以及一支碎了的圆规，都被封存起来。泥地上找到的脚印，虽然数量众多且难以辨认，还是拍了照片。

提取完成后，部门领导决定调用追踪犬。从小女孩穿过的一件衣服出发，带到现场的两条狗找出了完全一样的路线：穿过垃圾房，踪迹止于停车场。

同事还在走访邻居，寻找关键证词，克拉拉则在公共区域徘徊。

到了夜里,她不得不固定犯罪现场。尽可能细致地描述每一处场所。标注一切,记录一切。追踪血液、精液、毛发,任何留下的痕迹。也要确认未留下的痕迹。孩子凭空飞走了。

她绘制小区平面图,标明几个出入口、三栋楼房、游乐场、垃圾房和地下停车场的位置。然后她列出户外收集的封存清单,以及公寓里提取的样本,好确认四名家庭成员的DNA。侦查人员勘查过两个孩子的卧室,寻找可能的线索,也许小女孩曾收到过见面的邀请,但一无所获。

现阶段,优先假设绑架是为了勒索赎金,但仍不排除报复、恋童团伙、遇到坏人的可能。考虑到孩子年幼,离家出走被排除在外。

不管怎样,倒计时已经开始。统计数据摆明了:如果未成年人被绑架且遭杀害,谋杀十有八九发生在最初的二十四个小时。

近深夜2点时,两位家长在警察护送下回到自己家,一位谈判专家始终随同待命,以应对绑匪跟家人联系,克拉拉到他们身前,做了自我介绍。

梅拉妮·克洛与克拉拉·鲁塞尔第一次见了面,尽管两人均处在极度紧张的状态,梅拉妮仍惊异于这样一位娇小女子散发的威力,克拉拉则注意到梅拉妮的指甲,带亮片的粉色甲油在昏暗中闪闪发光。"真像个女娃娃。"梅拉妮想。"她好像布娃娃。"克拉拉想。

哪怕在最糟心的悲剧里,外表依然掌握着话语权。

自打父母去世，克拉拉·鲁塞尔深切认识到人类的脆弱。二十五岁，乃至余生日子里，她都懂得，一个人某天早晨出了门，自信从容，他可能再也回不了家。这就是父亲的遭遇，星期六早上8点半，他去楼下买牛角面包，被一辆面包车撞倒。更确切地说，车子从他身旁擦过，后视镜却狠狠撞在他的头部，敲掉半个脑袋。几个月后，母亲在大街上死于动脉瘤破裂。从那天起，每次她被叫到犯罪现场，每次偶然路过几秒钟内聚拢过来围观突发病人或事故现场的人群，每次看到救护车或消防车停在公路边，都会唤醒她的信念，确信每一天、每一分、每一秒都有一条生命倒下。它并不是一项数据、一个事实，她也不像大多数人那样，从理智层面认识到了，就到此打住。它是一种身体能够感受到的恐惧，持续几个小时压迫着她。有时更久。这也是为什么接到案件时，与受害者家属的首次谈话令她消耗巨大。她不由自主产生身体上的感知，家属身体里循环的肾上腺素，也在她体内回荡。有那么几秒钟，她就是那个刚刚被告知自己孩子死讯的女人，就是那个配偶被刺伤的丈夫，就是那个儿子刚刚被捕的老太太。

对"36总局"所有见过同事从巴塔克兰剧院[①]回来的警员来说，十一月永远是个黑暗的月份。2019年11月10日晚，克拉

---

① 2015年11月13日，巴黎发生连环恐怖袭击，巴塔克兰剧院在内的多个地点遇袭，造成至少130人遇难。

拉刚和朋友克洛艾在十三区一家酒吧碰头，她的领导塞德里克的消息就发到了 WhatsApp（即时通信软件）群里。当天她刚结案了一起耗费他们数周、有预谋的三重杀人案。是她手头最复杂一批案子当中的一宗，她原本希望此案结束时有时间喝上一杯，但她所在的小组刚开始值班，受理程序很少在适当时候下来。"又该出发了。"她想，把手指关节掰得咔咔响，少年时期养成的习惯，至今没能改掉。

半夜或凌晨打来电话，被打断吃饭，在寒风中或者办公室氖灯下虚耗的法定节假日，推迟休假，所有这些同她职业相关、多少带点英雄意味的神话，她都已做好准备去适应和习惯。然而，她事先没有想到且每一日都以非常具体的现实形式呈现的，是她的身体这些年一直处于紧张状态。哪怕在睡眠中，肌肉关节仍保持着动员戒备状态。事实是，无论白天黑夜，她随时都可以一下子跳起来，穿好衣服，出发。

第一印象过去了，有那么几分钟，她们面对着面，小区路灯昏黄，克拉拉察觉到梅拉妮的悲痛。某种无法掩饰的、绝对的悲痛。年轻母亲最后一次环顾周围，就好像她女儿会突然从小树林里走出来，就好像这一切——警察在花园里到处忙来忙去，树林里拉起的塑料警示带——不可能是真实的，克拉拉已感到自己摄取到她的苦痛。不过交流了几句话的工夫，仿佛已用肉眼见到恐惧扩散至她体内每个细胞。紧拽着丈夫手臂，梅拉妮第十次体会到自己无法进入这样的时间，她竭尽全力想把它从现实中抹去，无法消除的时间，就连最大的伤悲、最深的悔恨都无法与它抗衡：当时她儿子从花园走出来跟她说他再也找不到妹妹了。

深夜 2 点半左右，收集完第一批笔录和封存的物证，克拉拉终于回到家。她很清楚，得试着至少睡两小时，然后再出发，去棱堡。

但她没有躺平，而是打开电脑，上网，找到"快乐小憩"。油管主页显示这家人发布的最新视频缩略图有三十多条。每条下方都有观看次数：五百万到两千五百万之间。克拉拉滚动缩略图，它们无穷无尽。她太累了，没有去数。大约有几百条金米·迪奥和哥哥的视频。她盯了一阵孩子的脸，金色鬈发，大大的黑眼睛，"可爱的小姑娘"，她一边想，一边捕捉所有扑向她的图像，随机点开看了两三段视频。

孩子失踪后的短短一夜间，克拉拉被一句话惊醒，它异常清晰。她时不时就会这样：清楚、有序的话语，仿佛从她口中道出，睡梦中忽然蹦出来。每一回，从梦里，从无意识当中，或从某处她无法进入的夜晚浮现的语句，过后都显示出某种含义，有时甚至成为预兆。

早上 5 点 20 分，她坐在自己床上，寂静房间里，听见自己在说："那个世界的存在躲着我们走。"

六岁的小女孩消失在世间，克拉拉能整体勾勒出现实世界存在的种种风险。金米·迪奥却是在平行世界长大，一套纯粹虚构的虚拟世界，她不了解它。那个世界另有一套法则，对此她一无所知。

恐惧在几分之一秒内进入梅拉妮身体，酸楚、发烫，随后蔓延到四肢。恐惧在血液里，强劲，强得超出她想象。只不过，孩子失踪、母亲焦急到发狂的故事，她在电视或者网飞平台都看过不少。纸巾就放在手边，她也成了这类故事的主角。和她们一样受着苦难，她想了一下，就一下，类似的情况确实可能发生在自己身上。她在这一下的时间里告诉自己："我受不了这个啊。"

但这一回，她面对的不再是她所欣赏的一个个沉着勇敢的角色，今晚是她自己，站在客厅里，僵直、紧绷，没法坐下，没法承受丝毫的身体接触，连丈夫把手搁在她肩头也不能承受。

永远铭刻在她记忆里：沙米哽咽的声音，孩子脸色苍白，喘不过气。

她的周围这样骚动，来回重复了二十遍的问题，塑料杯里反复续杯的热饮，儿子的小手在她手里，冷，他们搭在她肩头的披肩，浸满女士香水味，像极了她母亲的香氛，让她犯恶心。马上临近午夜，布吕诺终于到了。他也回答了成堆的问题，他们可能怀疑是他把金米带去了哪里。看看布吕诺就知道，他连只苍蝇都不会伤害，她第一眼就看得明白，第一天，她见到他的头一分钟。丈夫平静耐心地回答，没有表现出丝毫厌烦。一直等到回家，把熟睡的沙米抱到床上，他才哭了。他坐进沙发，只哭了几秒，哽咽、闷声的抽泣让她心里结了冰。

等到小区进进出出这些人、狗、搜查、取样，全都离开，只剩一个小伙留在她家，已经解释过了，只要金米没回来，小伙就一直在。小伙来自警方干预队,或者类似的部门,作用是陪在旁边,出出主意,以备绑匪跟家人联系。小伙搬进家里原本计划收拾成办公室的里屋,它目前用来堆放杂物,碰巧存着一张沙发床,可以铺开给他用。万一有未知号码拨进这家人的手机,甚至在接听前,就要立刻告诉他。下完这些指令,那家伙遁去身形,布吕诺和梅拉妮这才享有片刻的二人时光,两人单独在厨房,无法上床睡觉。寂静中,冰箱又嗡嗡响起,仿佛一切不过是个冷笑话,一场恶作剧,有那么一会儿,她以为自己昏过去了。站在桌旁,她闭上眼,想象自己沿着一条轨道呼吸,眩晕离她远去。布吕诺坐在椅上,把脸埋进手心,她又听到他在喘息,不规律,被压抑的哽咽。

这天早上,他们和每天早上一样起床,不知道自己只剩下几个小时的幸福安宁,不知道就在当天晚上,他们的人生将陷入一场灾祸,它甚至没有名字。谁能想到这个?她愿付出一切让时间倒回去。几个小时。就几小时。说不行。就好了。不行,你们不准上外面玩。付出什么都不够,三倍都不够。也许哪里的某个人能帮她这个忙:回到过去,说几句别的话。自己犹豫过却没说出口的话,擦过她嘴边,却在软弱的一瞬间屈服了的话。她想说不。不行,我们没空,得先完成学校作业,拍一段照片墙视频。可是,想到能和小伙伴在一起,金米和沙米看起来好高兴。所以她想:"就一次。"然后说了可以。

一次,才一次,人生就这么毁了?

梅拉妮被迫衡量起这件事。到目前为止,她像外国人似的,只能听懂对方说的一半话,必须消耗大量的努力去适应,才能拼凑出意思。她能明确意识到,却组织不成言语,她意识到自己做不出某些陈述。实际情况超出她的能力。过去几个小时证明了她的抗压力,让她得以摆出一副好脸色,回答各种问题。

已经够多了。

　　但现在，站在厨房，她将在心里反复上演那个瞬间，一遍又一遍，向着某个上级法院大声恳求，愿一切都没有发生过。

　　到最后，她不得不坐下。也许不得不睡去。不得不接受她的女儿确已失踪。

刑警队案卷—2019年

女童金米·迪奥失踪案

内容：

梅拉妮·克洛（迪奥夫人）第一次询问笔录。

时间：11月10日20时30分，询问人：沙特奈-马拉布里警察总局警长S。

（摘要）

问：您说您把窗户开着，好听见您家孩子动静，您担心他们在外边吗？

答：没，没有，没太……我不想让他们被人骂。有的邻居不让孩子在花园里玩，因为太闹腾了。每回业主开会，都围绕这个问题发生冲突，垃圾桶翻倒，花被踩踏。还有，我一般更愿意他们待在家里。经常有个家伙，佐尔先生，带着他的黄狗，吓唬小孩。可这会儿他不在，好像住院了，所以我才同意……

问：除了邻居，还有谁可能知道孩子正在外边玩？

答：呃，没有……好吧，有。因为我贴了一条故事。

问：一条什么？

答：故事视频。照片墙上面发布的短视频。超短。只在网上保留二十四小时。但是上传的照片或视频会一直保留。

问：故事视频，是指一段故事？

答：不对，不确切……更像是分享给社群的日常生活片段，您明白吗？就是关注我的人，订阅用户。孩子下车的时候我贴了一条，就说他们在外边玩，给我留了点时间喘口气，准备晚饭。我在韦利济购物中心也贴了一条，当时在给金米买运动鞋，我们和耐克有合作关系，我就得展示产品，您懂的吧，好吧，解释起来有点麻烦……

问：视频现在都能看吗？

答：能，还在我照片墙账户里。之后它们会进"存档"文件夹，只有我有访问权限。

问：您具体什么时间贴了那条故事，说您家孩子在外边玩？

答：我记不住……我猜大概是17点一刻或者17点半。

问：关注您的人知不知道您的住址？

答：不，不知道。不可能知道。好吧，没准有人知道，因为会被人知道，在学校、小区里，会有人知道我们是谁。我们很有名的，没准有人会和周围人说，吹他们和小金小沙住同一个小区。我不太让孩子出门玩，主要有些小孩会笑话他们。孩子之间很残忍的，您晓得吧。家长什么话都说，小孩就学舌。有天，小区里的孩子指责沙米，冲他说很多难听的话，恶毒的话。我就不准他跟他们玩，禁止和他们讲话。但今天在外边玩的不是凯文·汤普兰那伙人，这拨孩子年纪更小，小金小沙很喜欢他们：小莱奥，小麦娃，菲尤家儿子，我想不起他叫什么，是个好孩子……所以我才同意他们去……（因抽泣打断了好几分钟）我每天开车接孩子上下学，我是鸡妈妈，您懂的吧。我就没想过他们能出什么事，这可是高档小区。没准金米伤着了，掉进什么地方，没准应该再找找。

问：您17点15分到17点半之间发布的故事视频，18点

15分您儿子过来告诉您他找不到妹妹，是这样吧？

答：对，我觉得是。他回来的时候，我刚看了表，正准备从窗户叫他们。我在三楼，几分钟前我还听见他们在楼底下。沙米有学校作业要做，放假也要做，我不希望他掉队，周五通常是我把家庭视频贴到油管的日子，之后还应该拍一条照片墙故事，说一下家庭视频已经上传了。

问：您儿子回来通知您，您的反应是……

答：我马上下楼。我喊我姑娘的名字，花园里喊，在小区所有她能藏身的地方喊。我敲了几家有孩子的邻居门，没准她去人家里玩。我……我彻底慌了。

问：您说您"应该"拍一条故事或类似的东西，是有人要求的？

答：没，没人要求，就我，我安排所有这些，该在油管做什么，在照片墙做什么，要保持活跃度，很多活儿要做，我管所有这些。

问：所以您必须拍一条故事，用来公布一段视频，是这样吧？

答：对。基本上，在我们"快乐小憩"频道，每星期发布两到三个视频。视频做得非常细，特别是近一段时间，我们一直在做专业的剪辑，这部由我丈夫负责。这些呢，就是我们给油管频道供应的家庭视频，我刚给您展示过，五百万订阅数。故事是另外一回事，发在照片墙，我可以成天到晚发布，分享见闻。我会说我们干了什么，在哪里，要去哪儿……粉丝爱看这个。还能用它公布视频上新……我不晓得说得够不够明白，我太累了，实在抱歉……等我丈夫过来，他能比我解说得更清楚。

问：金米喜欢拍视频吗？

答：对啊，她喜欢。有时候她累了，是会有点不乐意，但实际上她很开心有这么多粉丝,您想象下,在她这个年纪……

问:您能否想到一个理由、某次冲突或者争吵,会导致金米想要藏起来,不想回家?

答:不,不能,完全想不到。一次也没有。一切都挺好。

*

儿童失踪时体貌特征:

六岁。

金发,中长,鬈发。

身高:1.18米,20公斤(体瘦)。

粉色羽绒服,人造毛领。

浅粉色毛衣。

牛仔裤稍微褪色。

海军蓝短袜。

白色运动鞋。

金米·迪奥失踪第二天，6点钟还不到，克拉拉已备好前一天收集并封存的物证，准备送往各个鉴定部门，随后查看了沙特奈-马拉布里警局做的梅拉妮·克洛第一次询问笔录。

重读这份文书，她感觉到了奇怪。少了某样东西。某样应该说出来的东西，停留在沉默之中。她思考片刻，调出与梅拉妮·克洛相关的记忆。这女人吓坏了，毫无疑问。但在恐惧中，她存着希望。渺小、荒唐、不可告人，却仍然是一份希望。克拉拉放开自己，花了点时间琢磨这个念头，然后给出了合理解释。

成为一名警察——而后一直做警察——逐渐带来思考方式的改变。怀疑、不信任，干扰她头脑中的齿轮，侵占她的情感，蔓延其中，像某种躲不开的慢性疾病。不断地怀疑、质疑，是她的职责。寻找漏洞、矛盾、谎言。回想事实、直觉、印象。追踪灰色地带与隐秘之处。"它深刻改变了我看问题的方式。"她常能观察到。是职业习惯，她时不时安慰自己，没有"条子"可以幸免。

儿童失踪案总会首先考虑家庭这条线索。冲突、嫉妒、出轨、计划分居或者外逃，需要排除这么多的绑架动机。过去几年间，迪奥家赚了不少。一大笔钱。很可能比梅拉妮和她丈夫愿意承认的更多。这就可以给出一些想法。经检方调查部门同意，绑架警报方案并未启动。除了担心舆论失控，大范围传播金米的照片可能会令绑匪感到恐慌，刺激他们撕票。一番协商过后，不走漏风声成为强制的选项。

夜里，应急指挥室已经设立。"武装"，他们这么形容，类似武装一个营、一个连队、一艘战舰。在刑警队副队长指挥下，成立了各个小组：一队调查邻里周边，一组调查目击证人，另一组监听电话，还有一组专门负责电子监控。所有技术支持都必须尽快同步进行：寻找证人，研究家里所有亲戚的行程和人员流动，识别该地区范围内可疑的手机号码，审查市政当局登记在册的图像和周边的商贩。信息在服务器上实时共享。最新一个小组正在组建，负责检查社交网络上可能的消息泄露，并筛选过去几个月内发送给梅拉妮·克洛的评论。

刑侦部门全面出动打击犯罪的力量。除一夜之间动员数十名侦查员的能力外，它还汇集了各个领域的专家。早上八点，部门领导、组长、副手、诉讼人被召集到紧邻队长办公室的应急室。所有人围坐长桌落座。房间的另一端，十几张屏幕传递着市镇的实时录像。

刑警队长利昂内尔·泰里向参会人员简单致意。此时的氛围并不适合偏离正题说闲话。坚定的口吻，手势动作，额头中央加深的皱纹，都表明他处于压力状态。每分钟都宝贵，他们无权犯错。最轻微的判断失误都会使他们拐向死胡同。一个孩子失踪，除了其所包含的情感负荷之外，还有重大的舆情影响，它对执法队伍形象强劲的破坏频频可见。一个六岁小姑娘的性命危在旦夕。他们奋力协商，让所有撰稿人保持沉默，直到新的指令下来。这场休战会持续多久，他不知道，不过眼下他们运气不错，工作的时候没有一大群记者挤在窗户底下。调查干预队的同事和两位家长共度了一夜，他仍会留守，以应对绑匪可能的接触。上午将会有一位心理学者同他碰头，她也负责陪护梅拉妮·克洛和她丈夫。

作为小结，队长重申了应急管理应对的几项原则：尽可能多地收集信息，分析，共享。他强调了最后一个词，把音节拆开来读：组和组之间、警察之间的摩擦内耗让他发疯。每隔两小时更新同步一次动态，以便调整优先事项。

调查的几条主线已经敲定。塞德里克·贝尔热看向克拉拉，以一个难以察觉的眼神交流征得对方同意，牵过话头，简单总结了前一天初步的勘查发现。

"小区两个出入口：人行通道和车行通道。照理说，前面一个处在市政监控摄像轴线上。已经征用审查录像，我们白天应该可以就地观看。另一方面，车行通道不在同一条路上，没有视频监控覆盖。最近的摄像头在三百米外，而且对着另一侧。想进入停车场必须用到感应遥控器，停车场位于A座楼下，和地下室、垃圾房都相通。它只有四十个车位，小区住宅则有八十五户。不巧的是，系统没有存储出入记录。门卫白天会给我们目前使用遥控器的住户名单。再提醒各位，现场发现相当数量的要件，昨晚已经封存，主要是小女孩的布偶，在户外游戏场边发现。小区各处图示，花园、地下室、停车场、周边街道，克拉拉都画好了，服务器端可以访问。说到头一批证词，有位女邻居黄昏时分听到有孩子在呼救。我们昨晚收集到这些要素，邻居今早已被传唤，来做询问。梅拉妮·克洛在自家，窗户开着，说什么都没听见。孩子父亲在里昂培训，23点55分回来，我们正在核实他的行程。"

他短暂停顿，适当引来听众特别的注意，然后他继续：

"上午有一队回去做完邻里调查。昨天已经传唤了相当一部分人数，今天白天有几个邻居会过来询问。目前倾向于停车场内开车绑架。我们在停车场跟丢小孩踪迹，确认是从垃圾房跟过去的。门卫和他配偶早间已被传唤。我们希望了解所有内容。

谁是谁朋友，谁对谁有怨气，邻里之间的纠纷，没解决的老毛病，心里嫉妒，斤斤计较。小沙米以及当时所有在玩捉迷藏孩子的询问今天在五楼办理，由未成年人保护队同事牵头。此外，我们非常顺利地追踪到私信发送者的IP地址，提出交易的那个，晚9点半通过照片墙昵称账户发给梅拉妮·克洛，账户显然是新建的。锁定一名家住小区的十五岁男孩。一刻钟前，一队同事将他带走并搜查了住所。我向各位承认，在本案背景下，此次抓捕也似乎太轻易了。"

"同伙可能在别处。"某组长插了一句。

"我也觉得。要真是这样，跟我们打交道的就不是什么职业绑匪。另外，克拉拉向检方提出征用申请，要监听金米·迪奥两位家长的手机。"

塞德里克转向克拉拉，看她有什么要补充，还没等她回答，利昂内尔·泰里接过话头，总结陈词。

"行。两小时后，还在这里碰头，谈谈新动向。"

众人咕哝着答应，克拉拉说起话时，走廊里的风已经从门口进来了。

"谁看视频？"

塞德里克·贝尔热不解地望向女诉讼人。

"你是指网上评论？我刚想说有一个队……"

"不是，"她打断道，"我是指视频本身。发布在油管网站，让他们变得这么有钱、这么有名的视频，是怎么奏效的……"

塞德里克·贝尔热不是那种会让自己措手不及的角色。

"行吧，你。先把封存物证送去，回来这活儿你干。别忘了跟我们汇报他们讲的是不是人话！"

换个场合，大伙没准都会笑出声，克拉拉也会。

其间，她度过余下的夜，连一丝睡意也没有，不对，至多是一阵麻木，女儿的影像连番而至。每次梅拉妮觉得自己陷入近乎昏昏欲睡的状态，一阵恐惧陡然生起——肾上腺素连续短促释放十次——将她带回现实。金米失踪了。不过，到五六点左右，多亏药柜里找到一片过期的安眠药，她才睡了一个小时多一点。

其间，一段段时空伴随可怕的精确细节重回她的脑海，仿佛恐惧给她打开一条前所未有的记忆通道，那天金米学会了看镜头。当时，梅拉妮还是在客厅拍摄。她给金米解释说，你要想变成天气预报主播女士那样，就必须看镜头。孩子太小，不容易明白，她应该看镜头，而不是看母亲，哪怕回答母亲提问时也一样，要给观众感觉她在对观众说话。得让每个孩子、每个少年儿童对着平板或者电脑，都觉得金米和沙米同自己建立起独一无二的联系。金米想要好好表现，有些不安，在将目光锁定在正确方向前反复试了好多次。她眼神一偏开，梅拉妮便招手引她注意，再指指镜头。很快，几番犹豫后，金米适应了约束。几天之内，它已成为不假思索的自动反应。她学得真快。起初，梅拉妮并没在视频里露面。她引导两个孩子，给他们提问，同他们互动，但没有露脸。金米那么认真，那么专注。她专心背台词，并根据需要重复几次。她想让母亲开心。她想让母亲表扬她。

几周后，某天晚上，金米问她：

"你呢，你为什么不走到前面，和我们一起？"
梅拉妮笑了，靠近她。
"因为你才是最漂亮的，宝贝。"
金米表现出不安，仍坚持说：
"你害怕？"
"没，完全没有，害怕什么？"
"被关起来。"
"被关在哪里？"
金米指屏幕。她究竟想说什么，梅拉妮没弄懂。女儿想象力一直很丰富，做噩梦的时候也不少。
"不会啊，宝贝，没人会关在里面。"

又有一天，她正准备拍一条视频，金米对着镜头开箱 Dolly 女王系列新款娃娃，沙米哭了，因为他没有参与录制。他伤心极了。金米看到哥哥这么难过，心都乱了，她提议哥哥也过来拆包装，面对镜头选一个最漂亮的娃娃。沙米平静下来，很高兴自己能参与其中，可梅拉妮不得不拒绝这样做：品牌方明确要求让一个小女孩开箱并展示这些娃娃。于是金米走到哥哥身旁，像母亲一样搂住他。

为什么只能回想起伤感的时刻，明明有那么多大笑的时候？实际上这四年来，他们一直开心得像傻娃娃。"快乐小憩"是她送给家人的礼物。点亮生活的礼物。

大约 7 点钟，天快亮了，梅拉妮起身慢慢走向儿子卧房。她发现沙米仰躺着，睁大眼睛，被单扯到下巴高。她走到床边，跪在地毯上，抚摸他额头。孩子的脸在她手掌下似乎放松了。
梅拉妮不敢讲话，怕声音暴露自己的不安。

"你觉得金米会回来吗？"几秒钟后他问。

"会，肯定的，宝贝。"

他顿了一下，又问：

"是我的错？"

"不，我的小咪，怎么会。绝不是你的错。你是超好的哥哥。"

她没法再说下去。她声音开始发颤。她最后一次抚他面颊，然后一言不发站起来。

厨房里，她发现布吕诺和干预队的谈判员坐在咖啡桌前。布吕诺没有上床睡觉，他在客厅扶手椅上过了夜，没准打了个盹。她走进房间时，他们停止了交谈，那个她忘记名字的小伙站起来给她让位子。

"所以不得不忍受这家伙一整天。"她想着，瘫倒在椅子上。

她不确定自己是否有力量。

吃饭喝水。

一遍遍回答问题。

看心理医生。

带沙米去刑警队，让人收集证词。

活过这一天。

刑警队案卷—2019年

女童金米·迪奥失踪案

内容：

沙米·迪奥询问笔录。

时间：11月11日，询问人：未成年人保护队警官奥德·G，心理师妮科尔·B辅助。

（摘要）

问：你能讲讲妹妹丢掉的那场捉迷藏吗？

答：呃……是第三局，轮到我抓人。我开始数数，数到大概三十，我稍微转过身。没想作弊，可我看见金米往垃圾房方向跑。我以为她会躲那边，没像之前说好的，就在花园这一片玩，我不高兴，因为臭，我不想过去。之后我就一直数到三百，大家定的数。以前是数到一百，可时间不够用。后来我喊一声"三百"就开始找。花园里，我马上找到麦娃，藏在木头游戏棋盘后面，之后我看到小本从他藏的地方出来，因为他害怕一个人待着，之后是莱奥。我们一起去找西蒙，因为天已经有点晚了，是麦娃找到他的，躺在一排自行车后面的地上。之后就只剩下金米，我们所有人下到垃圾房，可她不在啊。

问：当时你怎么想的？

答：我觉得她藏得太好了。

问：你以为她在哪里？

答：停车场的车底下，因为从垃圾房可以直接过去。我感觉妈妈会骂她，要是她贴地爬什么的，有好几次她故意把自己弄得很脏，妈妈超生气……

问：你到停车场去了？

答：对，和麦娃、西蒙一起。小本待在地上，和莱奥一起，他太害怕了。我们转了一圈，看车子底下，却没找到她。我不想待太久，家长不想让我们在停车场逗留，太危险了。

问：之后你去告诉你妈妈？

答：对。

问：你担心妹妹吗？

答：对。我开始害怕，因为她一般都不会藏得太好。

(……)

问：你之前说金米故意把自己弄得很脏，知道为什么吗？

答：呃，嗯，比如我们拍视频，周三或者周五从学校回来，或周日，妈妈总跟我们讲，要为拍摄穿什么服装。她给我们梳妆，给我们备好一切。可金米呢，她弄了一大块脏东西在T恤还是连衣裙上，马上都要开拍了。全打湿了，要么溅到了，她可能故意打翻了红石榴糖浆。妈妈超级生气。类似还有妈妈叫她拍视频的时候，金米假装听不见。

问：金米她为什么这么做，你觉得？

答：呃，我不懂……她很有脾气。比方说，不喜欢的游戏，她绝不会再玩，开拍的时候她不想重录，她不按台词念，她不想继续扮公主，她不喜欢冰雪女王，妈妈很喜欢。有几次，她说自己累了，什么也不想干，要么她笑个没完……妈妈就不高兴。

问：妈妈不高兴的时候会说些什么？

答：她说这样做真的不好。我们经历这些有多走运，好几百万的订阅，还有所有喜欢我们的小孩，见面会上，他们想跟我们自拍，要签名，他们排队排了好久，就为了见我们，有时要排两个钟头，他们好想成为我们，我们目前是顶流，油管上的法国小孩，我们人气最高，比梅利斯和方塔西亚还受欢迎，比玩具俱乐部的小孩、布偶天团的利亚姆和蒂亚戈还受欢迎，目前我们超过了所有人。妈妈让金米赶紧把衣服换了，不然她永远别想上我们家视频，活该她，以后再没人喜欢她了。

汤姆·布林迪西，十五岁少年，是店址位于索镇中心的花店家独子。他才起床就被带走，他母亲刚出门逛商店，他和父亲一道被带到棱堡，立即被塞德里克·贝尔热问话，未成年人保护队一位女侦查员辅助。由后者起草的第一份笔录，现已上传到服务器端。

前一日，晚7时许，被花园人来人往的动静惊扰，少年得知了金米·迪奥失踪的消息。他没把这当回事（他相信小女孩躲起来了），他想吓唬金米的母亲，让她以为孩子被绑架了。很快，他就创建了个照片墙账户并给她发了私信，孩子失踪，交易待定。他没有意识到自己行为的严重性，并承认，考虑到前后发生的事情，他这个玩笑开得糟糕。当他意识到小女孩真找不到了，他一夜没睡。

尽管表达了真切的悔恨，少年并没有掩饰他对梅拉妮·克洛的敌意。询问笔录中，可以看到"她从一开始就操控他们"或"她利用孩子就为赚钱，这么想的不止我一人"这样的句子。几个月前，为了揭发梅拉妮·克洛强加给孩子们的羞耻侮辱（他原话如此），汤姆·布林迪西在推特上发起话题，救救金米沙米，引来极大热议。他父母忙店里生意，对社交网络接连而至的骂战毫不知情，一拨人马支持小金小沙和他们的母亲，另一拨则对视频发布速度和几乎不加掩饰的广告内容感到愤慨。话题标签影响很大，但有些人激烈地打嘴仗，嘲笑孩子（尤其是沙米），汤姆·布林迪西对此表示遗憾。他不喜欢这女的，想吓唬她。据他介绍，油管上有很多内容都在抨击"快乐小憩"和它主要的竞争对手"迷你巴士队"。他好几次提到"网络骑士",一个三十多岁的年轻人,他的频道粉丝很多,多年来一直拍摄视频,揭露油管网站诸多弊害、偏离正道。在他的专栏"油管靠奶嘴起飞"当中,网络骑士多次攻击"快乐小憩"频道。汤姆·布林迪西将自己视为他的门徒。

在棱堡待了几个小时并作了一番自我感觉良好的布道后,少年被塞德里克·贝尔热遣送回家。考虑到他的年纪,他目前被禁足在家。虽然他的行程安排和电脑硬盘里相当数量的细节尚需要核实,组长排除了他实际参与金米失踪案的可能。

克拉拉花了一天时间完成她的勘查记录并将封存物证送到各个实验室。尤其是金米的布偶,小家伙叫它脏娃娃,她希望在上面找到不属于这家人的DNA。

大多数时候,她办理凶杀案。勘查有时持续多日。随后要找到作案者。可能很花时间,往往几个月,甚至数年。死者是搜查的起点。死者是一项事实、一项数据:惨案已经发生,它理应受到惩处,却永远无法补救。

这一回,他们有能力改变事件的进程。他们,不是她。这是头一回,她感到无能为力,动弹不得。这是由于目前勘查已经完成,她却不在战斗第一线。克拉拉只好等。等待对她来说近乎不可能。哪怕调查的每一步,每一条敞开或者闭合的线索,都以书面形式到她手中,时间上略有延迟,哪怕没有任何一样逃过她审视,克拉拉讨厌这种滞后的感觉。

每两小时,走廊另一端,应急室碰头讨论问题,她都不在。

幸运的是,她和塞德里克在同一间办公室,而他已经习惯同她分享一切。他喜欢征求她意见,收集她的反馈,愿意跟随她的直觉。

所以每次从应急室回来，他都会讲一讲。

几个小时后，事情变得明朗。

说自己听到几声喊叫的女人竟是个聋子。很明显，她家电视机通常开的音量没法让她听到外面任何声音。另一方面，在采集的证词中，有两人说在晚6点左右看到一辆红色轿车离开停车场：A幢的女房客正看向窗外，等儿子回来，她注意到这辆车，因为它犹豫着往哪边开。C幢的男老师，从他任教的初中回来，说他给一辆红色小轿车让了路。据女房客说，一位男子正在驾车，车里只有一个人。男老师说，是女司机开车，后座有个小孩，绑在儿童座椅上。"你只有干过条子才知道证词有多不可靠。"塞德里克总结道，他就爱说这句话，也不怕反复唠叨。它给不出任何指望，但它放之四海而皆准的腔调令他宽慰。

覆盖人行通道出入口的监控录像很快分析完毕。能确定：小女孩没从这儿走过。除发生在小区内部的非法监禁外（目前尚不能排除，因为无法遍访每一户住家），仍要优先假设是开车绑架。

午后，又一个新的阶段点过去，塞德里克重新出现在办公室，少了几分沮丧。邻里调查开始奏效。人们对迪奥一家人意见不统一，流言四起。

"我敢肯定你会喜欢这个。"他预先说。

克拉拉抬了抬眉毛，表示急不可待。

"听说迪奥一家与世隔绝，说他们不怎么同人打交道。一开始，他们参加邻里聚会，什么开胃酒，所有集体活动，但逐渐地，伴随着成功，他们退回自家，不再和外界交流。小区里绝大多数人都买了公寓楼花，20世纪90年代，人们认为房地产项目很高档。两三年前，迪奥一家买下隔壁的单间，将其改造成摄影棚。有人说他们不会久留。梅拉妮变得势利眼，沙特奈-马拉布里对她来说已经不太时髦。貌似他们在南方买了房，想着哪天过去住。还听说山上也有公寓，我得跟你承认，大伙好像什么都知道。这两年，小金小沙几乎没跟小区别的孩子玩。做母亲的不喜欢他们跟人厮混，最主要是，据说他们所有空闲时间都拿来拍那些众所周知的视频。几个月前，有流言在网上和街区周围传开，说沙米被人骚扰。有些孩子笑话他长相，推搡他，甚至敲诈勒索。梅拉妮像是用她频道的视频辟过谣。但邻居说因为这个他才转学了。事实是，从去年开始，这两个孩子就在索镇一家私立学校接受教育。每天，梅拉妮都会开车送他们，再开车去接。某些人说，频道的吉祥物是小女孩。开始她两岁半，订阅者看着她长大，他们为之疯狂。听说签名会上，她签的照片比她哥哥还多，找她自拍的粉丝也比哥哥多。从这里可以发散到他想要甩掉妹妹……弄场意外……八岁的时候，你看出来吧，某些人打算暗示这种。有一样是肯定的，小区里没人不知道他们是谁，还有这都给他们带来了什么。"

克拉拉晚 8 点钟左右离开棱堡。和往常一样，她步行回家：比起地铁 13 号线的人流密度，她更愿意步行一小时。她需要呼吸。

她大步向前，目光向下，浏览应急室发来的最新信息，这时一个从相反方向过来的男人停下来让她过去。

"你多大？"他问她，把她当成小姑娘那样说话。

街面上，会冒出一些荒唐、奇怪、有时甚至意味深长的话语，她都经历过。不得不去接受话里的含义或者回响。有一回，某个眼神迷糊、迷失方向、似乎患有精神障碍的男子停下脚步问她："您父母都在哪儿啊？"还有一回，她在商店柜台结账，给一个走过自己身前的女人让道，那女的语气完全不像在开玩笑："您把所有人都看透了。"

类似场合下，她总会想，是不是她身上有什么东西招惹别人擅自闯入、说长道短，或者这种情形是不是每个人都经历过，只不过偶然在她身上重复发生。

昏暗中，远远地，她会被当作一个少年。一个孩子。走近了，才看到一位成年女性，眼神忧愁。

三十三岁，感觉自己处在中间。不年轻也不老。金米·迪奥六岁。六岁，还是个小姑娘。那样小，那样容易受伤。在她父母提供的照片中，可以看到她五官端正的光洁面庞，眼睛像漫画人物一样大。她的失踪让整个部门都压抑。空气中弥漫着某种特别的紧张和焦躁。也许因为大多数同事为人父母，自己有孩子。所有人都想过不止一次："要是发生在我身上呢？"

托马还住巴黎那会儿,他们并肩行走,托马问她,未来有没有展望过家庭生活。当时他措辞就是这样,这男人身上显见的自由——言语、活动、不按套路来的自由——都给她留下深刻印象,他的表情让她微笑。他一再坚持,克拉拉最终说不,她不想要孩子。在这世上,她似乎察觉到每一处陷阱、每一个死胡同、每一场即将到来的灾难,都是一种软弱和无意识,她已将它们抛弃。此外,孩子和父母一样,都会死,她太清楚这一点,她呢,这辈子再也不想掺和到这类事情里。她和他刚在他家做了爱,顶层公寓间,她感觉如此强烈,打开心结,充满渴望,有一瞬间,一念闪过,让托马眼色变得晦暗。不是责怪,甚至不是失望,也许是一段距离的开始。

克拉拉继续赶路,没有回应那个问她话的人。

到达自己住的街区,她停下来,在一家小超市买东西吃——"来个餐盒,一个船型食盒,"她心想,"随便什么,只要揭盖就能吃。"——意识到自己屈从于两种刻板印象:警察打光棍(可她没离过婚),都市单身汉(可正常时候,她会做饭)。

一到家,她冲了个澡,换身衣服,随后打开笔记本电脑。有一整个夜晚在她面前,她想了解更多。

刑警队案卷—2019年

女童金米·迪奥失踪案

内容：

（分类）描述油管"快乐小憩"频道能够访问的视频。

开箱
（观看次数高达两千万次）

兄妹俩，像往常一样并排就位，打开一个个"惊喜"包裹，就好像它们从天而降。

梅拉妮热情活泼的声音一步步引导他们拆开包装。"来，我们彻底打开它！""里面是什么？""啊，我已经看到了……""那个小绿盒子是什么？""现在我们要装电池了！""哦，可以同时用两个手柄玩，太棒啦！"

孩子们欣喜若狂，表现出快乐。"哎呀，大盒子！""太不可思议啦！""哇哦！"

小金小沙开箱后，试了各种小东西、智力游戏、电子游戏机。

沙米的套话："这玩意太疯狂啦！"

金米的套话："我简直难以相信！"

无聊以各种奇怪的形式出现，戴着假面。无聊自行隐藏起来，拒绝透露姓名。沙米出生后，挨过一个个被哺乳、宝宝夜醒一再打断的夜晚，她换了发型，瘦了几斤，身材看起来不错，总之，生活似乎进入某种巡航速度（运行时消耗能量最少），梅拉妮·克洛却开始哭。这通常发生在早上，丈夫离开后的几分钟。她发觉，自己的生活正沿着可预测的轨道运行。总体来说，这让她安心，但有些日子里，她对此的反应是头晕、恶心。8点钟，布吕诺和宝宝玩了一会儿，8点5分或者10分，他会看看手表，说哇，我得走了，吻别她，抓起雨衣或外套，门在身后砰一声关上。她随之有种感觉，自己的身体在虚空中摇荡，不是巨大的空旷，而是某种隐藏在自家公寓内部的凄惨空洞。作为回应，她试着逗儿子（套在手上的玩偶让他着迷），随后把他放进带护栏的床，让他上午小睡。之后梅拉妮回到厨房，清理早餐桌，拿海绵擦干净，开动洗碗机，滑到椅子上，哭二十分钟。当天晚些时候，她有时会像那样站在客厅，手臂垂在身侧。宝宝睡觉或是一个人在婴儿躺椅、游戏围栏里玩的时候，她站在那儿，一动不动，面朝窗户，她没往外看，什么也没看，也许看着自己心里那片死气沉沉的扁平空间。她能保持这个姿势好几分钟，不理会外界传来的声响，电话铃声，沙米试图吸引她注意的叫喊，心不在这儿的时候，生起一种十分柔软、飘浮、几乎是惬意的感觉，要想从中挣脱，则变得越来越吃力。有时她带沙米去街心小花园，可一走到金属栅栏门，她就放弃了。她没有力气和其他女人讲话，像她这样不工作的女人，或是每天同一时刻出现在旧沙坑附近的保姆奶妈，她不想融入类似场景，更不想融入任何集体。就这样她继续走，越走越快，婴儿车推在身前，劈开空气，像一艘迷路船只盲目的舳。那段日子里，她会一直疾行到索镇公园，在附近街巷里徘徊直到夜幕降临，寻找一种能填补这无可名状空虚的迷醉。

梅拉妮·克洛怀孕期间都在看电视真人秀"天使们"。第一季于 2011 年冬季在地面数字电视播出，取得巨大成功。以前参加过电视真人秀的选手被选入这个新节目，其中梅拉妮立刻认出了斯蒂维，"阁楼"第一季的招牌人物。他不再是她见过的那个哭着笑着、头发漂染过头的二十岁男孩，他还在圈子里，也老了。其他人被选中是因为众所周知他们出演了"秘密故事"或"诱惑岛"，都是深刻影响了梅拉妮青春时代的节目，她没有错过任何一期。玛莱娜、辛迪、黛安娜、约翰-大卫，她全都认识。他们曾有过这样的机会，第一次被公众看到和喜爱，现在给了他们第二次机会，第二次出发，有机会继续乃至巩固他们的职业生涯。可她，"暗室约会"那个梅拉妮，她出场太短了，没有留下任何痕迹，没人来找她。没人推荐她去宏伟的比弗利山庄别墅"实现梦想，成名走红"，那是"天使们"的承诺。没人想起她，所有人都忘了她。

她曾有过机会，错过了。当她回想起这一集（这是她使用的措辞，符合她对自己人生的看法，她希望将其按季数划分，电视节目的季，季又可以划分成集数，但不可否认日子是千篇一律的），她觉得自己人生已经失败。她从未想过用别的理由来解释失败，比如经济条件，比如她想要融入体制的迫切。没有。只能怪自己。是自己错过了火车。

沙米一岁生日后不久，布吕诺发觉她有些忧伤，给她提议，于是梅拉妮注册了脸书。布吕诺坚持认为：脸书在法国和全世界各地都非常火爆，是时候开始用了。就算她没有多少朋友，脸书也能让她结交到一些，同许多未曾谋面的人保持联络。她已为家里和儿子奉献太多，要向外敞开自己。

很快，梅拉妮早上不再哭泣，不再待在家里，眼神空洞，或是徘徊在公园街巷。每一次小睡和短暂的喘息期间，她都可以登录自己的账户。她有了新的人际交往，她发布照片、评论，她给别人发布的图片和评论点赞，她观看人们怎样生活，也展示自己身上最好的一面。有好几个月，这足以填补内心匮乏的感受。她和其他做母亲的人讨论很多，交换了想法和菜谱，同一家积极倡导母乳喂养的协会走得很近。她似乎在世上找到了一席之地，一个容身的地方。

一天早上，她被一位网友"提名"参加"母性挑战"，一项来自美国的挑战，聚焦母爱的喜悦。规则很简单：她必须在社交网络发布四张照片，来解说是什么让她"身为母亲而自豪"，然后"艾特"(@)身边她认为是好母亲的女性。沙米是个漂亮宝宝，醒着，脸蛋胖嘟嘟的，梅拉妮觉得这主意太棒了。而且，她也配得上超级妈妈的标签，毕竟，从结婚以来一直订阅的婴幼儿杂志给出的要求往往自相矛盾，让她穷于应付。她在自己电脑里找了四张照片，觉得最能唤醒她的母性之花：一张她在海滩上，黄昏时分光线很美，是怀孕期间布吕诺拍的，一张沙米戴着可爱的小棉帽，他出生几个小时后拍的，一张她绑着婴儿背带，沙米坐在里面，张着嘴睡着了。最后一张是最近拍的，一家三口合影，微笑，安详，王族一般坐在客厅沙发上。她颜色搭配得很好，四张照片构成一幅和谐画面，棕褐与淡紫色调。她收到的赞美不计其数。

从那时起，梅拉妮定期将沙米照片发布到脸书账户，它们收到越来越多的点赞和正面评论，也是因为她费尽心思不断做一些新的小短剧或者布景来展示自家孩子。她好开心。梅拉妮对丈夫缺乏性欲是夫妇俩从未提及的话题。她依然爱他，可她不想再和他做爱了。论坛上面，她见到许多经历过类似时期的女性现身说法，这显然可以解释为荷尔蒙下降，夫妻感情淡了，对母亲角色的过度投入损害了作为妻子的角色，或是日常生活单调乏味……根据问题性质不同，大家给出了各异的解决方案，总会有人现身说法支持观点：周末过二人世界，性感内衣，增加性爱时间，咨询性治疗师，找个情人。

无论采用哪种方法，都被反复提及的一句话："吃一吃，胃口就来了。"

怀二胎的时候，梅拉妮不得不卧床好几个星期预防早产。宫缩，频繁多次，惊动她的妇产科大夫。在脸书页面上，她宁可略过这个在她看来同超级妈妈形象不符的意外状况。超级妈妈即使怀孕也不会遭遇困难和阴霾，临盆三天前，她还凭一己之力重新粉刷了婴儿卧房，挂窗帘，站在折叠梯上，弯腰，手臂悬空。她仍在社交网络上保持交流，就头生子如何接纳小弟弟或小妹妹、最好的儿童汽车座椅品牌、长时间使用橡皮奶嘴会不会让牙齿生毛病，或其他不同兴趣的主题寻求建议，她挺适应这个，它有套路可循。日子很快过去。她偶尔会参与母乳喂养或儿童保育相关的话题，但社交网络日益增长的戾气令她泄气。梅拉妮无法忍受争斗。她向往团结互助的世界。她将成为这一世界的女王。

早几个月，她父亲刚退休，梅拉妮父母离开市中心，搬到距离永河畔拉罗什市镇几公里的郊区房屋。房子不算大，但之前的业主在花园中央挖了泳池，很大程度上激发了他们的购买欲望。姐姐桑德拉嫁给一个当地的年轻人，保险经纪人的儿子，他自己也是经纪人，长相十分俊美。梅拉妮母亲很少来巴黎地区，尤其桑德拉在不到两年时间内生了三孩之后就更少来：先是双胞胎男孩，十四个月后又生个小女孩。梅拉妮父母高高兴兴做了外祖父母，他们在脸书上贴了超级多的外孙辈照片。欢乐的彩色照片，在泳池周围、迷你高尔夫球场、滑冰场、森林里拍摄。从这些影像来看，他们是理想的外祖父母：积极主动、肯花心思、有闲工夫。不幸的是，他们从未主动提出带沙米，理由是他和基利安抢东西，也就是桑德拉双胞胎中的一个。真实情况是，基利安这孩子专横又奸诈。不过，梅拉妮不想唐突地应付这些事情。三年来，她父母只在一个长周末带过一回她儿子，之后他们就抱怨沙米不爱吃饭，没有好脸色。他们再没给她带过孩子。于是这一回合，姐姐又赢了。在所有方面，所有领域，桑德拉总能满足母亲的期望。年末演出在第一排跳舞的她，老师不在的时候看管班级的她，校园义卖会上照管摊位的她，面对客人礼貌微笑的她。她甚至找了个能跟父亲和睦相处的丈夫，这哪怕不是奇迹，也是壮举。姐姐巧手能干，缝纫、烘焙、室内装饰，无不技艺精湛。貌似桑德拉干什么都做得完美。再就是，她始终待在那儿，在她的位置上，和父母住得近。她"永远不会放屁比屁股高"。复活节、圣诞节，全家团聚时，母亲见到姐姐总是表现出更大的喜悦。它细微到难以察觉，她调门高了八度，她身体更快、更自发地行动，可梅拉妮没法忽视这种差别待遇，这种额外的热情和热烈。几乎每天都能看到母亲在脸书上发布姐姐孩子的照片，对她来说，真苦。她甚至在电脑前哭起来。可要是什么也不知道，什么也不去看，就更糟。

从艰苦的孕晚期开始，梅拉妮选择不再告诉母亲任何事。

母亲本来也会找借口不来帮忙,更不会忘记拿桑德拉和她比,桑德拉两次孕期态度都很积极,容光焕发。

躺在床上,梅拉妮继续拿手机看脸书。早几年,网络是她心中与人共享、给她慰藉的一块绿洲,如今愈发成为迷茫惆怅的源头。

梅拉妮在金米出生几周后发现了油管网站,同时研究了会阴切开术后遇到的困难。像她这样的妈妈通过视频分享她们的经历。拿着手机或小摄像机,她们对着镜头拍摄自己,倾诉心事,就像"阁楼"或是别的电视真人秀节目中的告解自白环节。梅拉妮订阅了两三个频道。这些妈妈看起来和她很像:年龄相仿,有着同样操心的事。她们漂亮,衣着考究,看着这些妆容雅致、美甲保养得当、头发柔顺光亮的年轻女子,给了她简单直接的快感,一种安慰。她们中有些人贡献了独家窍门或食谱。梅拉妮喜欢点赞,用表情符称赞她们:加油,谢谢,花束,花束,花束,爱心,爱心,爱心。她发现这些女子很打动人、英勇无畏。她们给了她面对新一天的勇气。在算法帮助下,梅拉妮找到好多新频道和新视频。她喜欢所有真实的东西,所有讲述类似她这样的生活、能让她感觉不那么孤单的视频。算法真懂她。渐渐地,她不怎么登录脸书了,转而使用看起来更开放和更有创意的油管网。

油管是个完全不同的世界。慷慨、顺天逢时、所有人都可以访问的世界。沙米刚进幼儿园,金米是个乖宝贝,睡得很多。电脑从早到晚一直开着,梅拉妮每天坐在屏幕前好多次,通常没有明确的目标。她在平台上闲逛,从一个推荐刷到另一个,最后总能找到一条信息、一张图片、一段她感兴趣的故事。

金米两岁生日后不久,梅拉妮发现了"迷你巴士队"。两个小女孩的爸爸，显然和她们妈妈分居了，专门为她们开设一个频道，订阅人数每天都在增加。一切都始于一条视频，小姐姐开箱试吃彩色糖果和同一品牌的其他零食，该视频立即获得了数千次观看。之后小妹妹也加入进来，爸爸发布了更多的礼物开箱视频，订阅数激增。从影像来看，收到越来越多礼物的孩子们似乎真的很开心。

几个月间，梅拉妮满足于观察这个爸爸怎样拍摄他的女儿，多久拍一次，都用什么场景。哪样行得通，哪样行不通。哪些受孩子们喜欢，同一条视频他们可以看上十遍，哪些他们不太喜欢。她继续研究，浏览一圈其他地区的情况，特别是美国和其他英语国家，那边已有许多儿童频道。

梅拉妮在平台发布第一条视频时，金米还不到三岁。她事先制定好自己的战略。在考虑引入品牌和产品之前，必须平稳推进，建立黏性和辨识度。这就是为什么她首先拍摄金米，穿着美美的淡紫色连衣裙，像大人一样坐在沙发上，唱梅拉妮教她的儿歌。小家伙的手势完美对应着歌词：大耳朵的兔子，拿枪的坏猎人。她好可爱。这组时长五十多秒的镜头无非是分享一个私密的家庭生活动人时刻。梅拉妮发布视频并附有简短的说明："小女孩唱歌表演《兔子和猎人》。"这条视频收获了数千次观看。受其鼓舞，梅拉妮继续拍摄女儿唱歌：《花生米转转》《绿色小耗子》《水里的小鱼》。就她的年纪来讲，金米说得唱得都很好。歌词发音很清楚，她用手势和动作模仿配合歌曲，令人忍俊不禁。梅拉妮想出个聪明法子：让金米拿着玩偶——毛毛熊、小狗、兔子——表演她在镜头前唱的儿歌。金米摆弄长毛绒玩具，给它们分配角色，让它们说话。梅拉妮一直等到订阅数超过两万，才推出第一批玩具开箱：奇趣蛋、珍宝珠棒棒糖、培乐多橡皮泥。不久后，沙米开始出现在视频里，而这个最初命名为"歌手小金"的频道也变成了"小金小沙的快乐小憩"。

兄妹俩组成出色的团队。沙米表现出体贴,护着妹妹,帮金米开盒子、盖子,给金米解说游戏、手势和儿歌。金米玩得超开心,模仿她哥哥,听他说笑话然后哈哈笑。从评论来看,这对搭档最能打动人。然后一切进展非常快:订阅人数和观看次数不断增加,油管网向梅拉妮发送一条私人信息,解释了货币化的变现方针。品牌方联系她植入产品,包裹开始挤满公寓,布吕诺辞去了工作。之后,他们买下隔壁公寓进行扩建,并将整个房间用作拍摄和剪辑视频。全靠这间一体化工作室,视频形式得到优化。要始终处在头部,你必须不停地更新。

无聊不过是一段不好的回忆。

刑警队案卷—2019年

女童金米·迪奥失踪案

内容:

(分类)描述油管"快乐小憩"频道能够访问的视频。

比拼（掰头）
(观看次数在200万—600万次区间)

品牌还是子品牌

并排坐在镜头前,小金小沙蒙着眼睛,品尝一系列产品(奶油奶酪、薯片、苏打水、冰茶、涂抹酱、花式饼干)。

对每一种产品,他们试两个样品:一"真"一"假"。然后他们必须猜哪个出自原品牌,哪个是仿品(子品牌或自有品牌)。

尝一尝,猜一猜

眼睛蒙着,这次是辨别同一产品的不同口味或风味。最受欢迎的视频是奥利奥品牌及其不同口味的饼干相关(原味、香草、白巧克力、金色夹心、花生等)。

同样的挑战用在许多产品(开胃饼干、奶油甜点、薯片)和品牌上面。

克拉拉站在塞德里克面前，端正、严肃，很想把她收集到的全部要素传达给他。她只睡了两小时，却仍未感到疲劳。她先观看了"快乐小憩"的视频，而后做了额外的研究，以将其置于更普遍的背景下，去了解人们如何看待这类现象。虽然塞德里克很乐意取笑她剖析一切的倾向，取笑她说话爱用书面语，以及她对连接副词的偏好，但这次，他专注倾听，没有假意应付。

"大多数案例中，父母每周数次拍摄自家孩子并发布视频。该现象始于美国，在过去三年间扩散到世界各地，因为事实证明它特别、特别有利可图。今年，全世界赚钱最多的油管博主是个八岁美国小男孩，名叫瑞安，从四岁起就被他父母拍。仅2019这一年，《福布斯》杂志估算其收入为两千六百万美元。在法国，第一批试水是在2014年—2015年。到今天，频道已有很多。从钱的角度看，约有十几个频道分割市场份额。'快乐小憩'不是头一个，但到目前为止，它已成为最受欢迎的一个。"

"孩子们都做些什么？"

"最开始，是开箱。英文说法是unboxing。他们拆盒子、拆包装，找出玩具、糖果、演出服装，各式各样为他们定制的产品，他们欣喜若狂，对着镜头试吃试玩，分享他们的快乐。"

"你认真的？"

"肯定啊。家长负责拍摄，母亲拍还是父亲拍，视情况而定。迪奥家的情况，是母亲和孩子们互动。随着时间推移，为了让订阅者变成铁粉，视频形式愈发多样。她给他们发起挑战，创设小情景。例如，孩子必须只吃橙色或绿色的食物，猜超市商品价格，或者蒙起眼睛比较不同品牌的涂抹酱。一段时间以来，他们也做恶搞视频。笑话或者恶作剧，大部分是从美国频道抄来的。"

塞德里克短暂沉默了一阵，重启话头：

"你的意思是他们就这样赚那么多钱？你确定？"

克拉拉忍不住微微一笑。她已经过了这个阶段。这样的不信。

"对，我确定。观看次数超过一定量，油管就会在视频里插入广告，给博主分成。钱款也来自付费出现在视频里的品牌。它们不仅提供物料——乐高积木、迪士尼公仔、健达奇趣蛋——有些品牌会付钱给这家人，方便出镜或者重点推广。合作就是合同标的。迪奥一家已经创办了几家公司。你只要访问法国专利局网站数据库，就能看到他们已注册并保护了所有可能的、可以想到的关于他家小孩名字的品牌名称。在IT行业发展不错的父亲辞去了工作。眼下，由他负责拍摄和剪辑。"

"呃……他们做了很多吗，这类视频？"

"'快乐小憩'每周发布两到四次。必须抢占地盘嘛。"

塞德里克·贝尔热全神贯注倾听克拉拉，偶尔点头表示赞同。他摆摆手，鼓励她往下说。

"这还没完。商业运营方面，多元化趋势正在扩大。迪奥一家近期创立了自己的文具品牌（笔记本、口袋本、钢笔），推广也自己做。他们主要的竞争对手'迷你巴士队'发行了一本季刊，卖得火热。'布偶天团'刚创设了一个玩具品牌。衍生产品占销售额比重很大，所有人都打算继续开发。至于迪奥一家，他们年收入远远'超过'一百万欧元。这还没算上实物报酬。"

塞德里克在他的黑色口袋本上记了几条笔记，一本从不离身的"鼹鼠皮"（Moleskine）经典款，里面的内容旁人读不懂，只有他自己才能破译。他画线标出一句话，抬眼看克拉拉。

"那钱去哪儿了？"

"家长把钱收了。他们想拿钱做什么都行。"

"没有规范管理？"

几小时前，克拉拉问过自己同样的问题。是这样，干条子这行，她想，有本事一下就把手指塞进卡住的关键地方。

"儿童模特、儿童喜剧演员、儿童歌手要接受监管，因为他们的活动被视为一份职业。他们的日程安排是有人检查的，直到他们成年，家长必须将大部分收入存进法国存托银行的冻结账户。但是油管儿童博主不受任何限制。就是所说的法律空白。目前，这项活动被视为一种个人休闲爱好，不受任何形式监管。"

"疯了吧……"

"不过，正如汤姆·布林迪西同我们所说，他们周围并非全是朋友。从2016年起，'网络骑士'，也就是他所说的油管著名博主，拍摄多条视频，谴责最活跃的那几个家庭频道。他的辩护词指出儿童屈从于拍摄制作的节奏，质疑孩子们有没有选择的自由。他是第一批吹哨人。当时，他发布的请愿书募集到四万份签名，其他油管博主也转发了他的抨击。但就实际来说，什么也没发生过。我跟你说什么也没，就是没有。它没有阻止越来越多的家长冲进这个缺口，卷进来的孩子年纪越来越小。2017年，'父母育儿与数字教育观察站'已向当局发出警告，且与国家保护儿童委员会接洽，要求这些未成年人至少要享有儿童模特或演员同等地位。四年间没有任何形式管制，之后，某项法案似乎正在审议，并很快提交给国民议会。旨在监管家长对儿童的商业剥削并将这项活动视为一份正经职业。"

克拉拉沉默了片刻，塞德里克抢在她重启话头前，抓紧时间记录下所有这些信息。他很明显表现出不解。

"媒体没有关注？"

"稍有一点，但整体情况仍不透明。如果该法律通过，法国将成为国际社会的开拓先驱。该法律可能会阐明目前尚未被关注的整个生态系统。但批评人士表示，它什么也不能改变。有些家长已经以他们的名义开设了子频道或照片墙账户，梅拉妮就这么干的，据说是想绕开法律，哪怕法案尚未投票表决呢。"

塞德里克用一个手势打断克拉拉。

他需要安静来想事情。她跟他讲述的领域过于抽象，超出理解范围。她能从塞德里克的脸上看出他的情绪、他的迟疑和最轻微的不快。看他身体朝她弯过来，她猜他后背又疼起来了。自打几个月前他做完腰突手术，一旦压力超过一定程度，腰椎间盘就会给他一个警示。

塞德里克花了点时间呼吸，接着，几秒后，他恢复了交谈。

"针对所有这些，梅拉妮·克洛都说了什么？"

"她知道批评的声音。就此话题她拍过几条视频。面对镜头，她回应了抨击。她说她在为孩子存钱，早在争议出现之前她已在考虑他们的未来。她说小金小沙梦想成为油管博主，他们喜欢这个，也高兴成为网红。在她看来，这是大好机会。是他们能碰到的最好的事。"

此时疼痛蔓延到肋间，塞德里克抓过一把椅子坐下。看到长官神色，克拉拉忙给出结论：

"我必须跟你说另一件事。今早，我重新访问梅拉妮照片墙账户，'梅拉妮甜梦'。除了众所周知的故事视频，她还定期发布孩子和家人的照片。大约两个月前，她贴出一张她刚从某美妆品牌那边收到的巨大包裹。纸箱上面，能看到她家人的姓氏、地址，甚至楼栋号。不妨说全世界都知道他们住哪儿了。"

刑警队案卷—2019年

女童金米·迪奥失踪案

内容：

（分类）描述油管"快乐小憩"频道能够访问的视频。

什么都买系列
（观看次数在 200 万—2000 万次区间）

"我们买下 F 字母开头的所有东西"

在一家超市里，金米沙米每人轮流用十分钟时间购买他们想要的任何东西，没有价格或实用考虑的限制，因为商品会以随机抽取的字母开头（比如字母 F）。

游戏目标是在时限内购买尽可能多的货品。在梅拉妮购物车放置更多商品的那个将成为胜利者。

所有买到的物品（丝巾、油炸锅、蝴蝶意面、香槟高脚杯、无花果、小粒菜豆、铁熨斗、摩比世界农场积木）都会带回家，无论家里是否已有类似产品或物件，无论它们是否有用。

变体：我买所有黄颜色的东西，我买你写下来的所有东西，我买你画的所有东西，如果你猜中了你就去买。

需要解释自己的工种时，克拉拉会说："先是血，然后是语词。"对，最通常情况下，一切从血开始。尸体的血，衣服上的血，泼在地板墙壁或可见或抹掉的血，必须干燥、密封起来的血，必须追踪的血，送到实验室的血，以及尸体解剖的血，盛放到塑料桶里。随后是诉讼程序，准确使用词汇来描述她的见闻。

这一回，血，半点也没有。这不足以让她放心。近十年来，克拉拉一度观察到完美避开血红蛋白的野蛮行径。在她经手的头一批案子里，有次，她赶到一位因脱水、营养不良住院的老妇人床边，对方膝盖布满血肿瘀伤。老人的话语虽然明显含混且前后不一致，检方仍然展开了调查。一对四十多岁的夫妇涉嫌对其非法拘禁长达数月，以便领取她的养老金。克拉拉参与了搜查，公寓简陋，墙面剥蚀，脏东西并非直接可见，而是藏在隐秘角落。没有丝毫暴力痕迹。只有那只塑料饭盆，搁在厨房瓷砖地上，家里没有饲养任何动物，克拉拉却察觉到它的存在。每天晚上，虐待她的人都会用这饭盆喂老太太，然后让她睡在草垫上。

克拉拉喜欢办案最开始的氛围。睡眠不足，站着吞咽三明治，手机不离手，死盯着屏幕。如此喧嚣，如此狂热。有时，几个小时就足以获得线索：证人、录像带、定位正确的一部电话。稍微有点嗅觉，就足以穿针引线。凌晨抓捕，搜查，结案。但绝大多数时候，刑侦工作要放长线。必须坚持下去。最初几小时的兴奋转变成一种规律且持续的神经冲动。一种来自最深处、最内在的能量——有人说来自肚肠——因而取之不竭。

金米·迪奥失踪三十六小时后,克拉拉明白他们已进入第二阶段,且没有任何立竿见影的指望。不得不承认他们两手空空。电话分析一无所获,邻里调查止步于诽谤中伤。依照例外条款,小区所有公寓都被走访过。由十几名侦查员进行了详尽核查,然而一无所得。至于汤姆·布林迪西是否涉案,无论单独作案还是从犯,都已被明确排除。少年可能会因为自己开的冷笑话而依法受到训诫。

其他孩子同他们家长的证词印证了沙米的说法,从而确定了事件发生的确切时间:下午5时55分,新一局捉迷藏开始。小女孩犹豫了一下,转了几圈,然后跑向垃圾房,从那边,她可以进入停车场,不被人看见。一进入地下,或自愿或强迫,或有意识或无意识,她很可能上了一辆车。一辆红车,说不准。或者随便什么颜色。

这孩子从早到晚都被当作展品给人看,这孩子我们能看到她穿慢跑服、短裤、连衣裙、睡衣,扮成公主、美人鱼或仙子,这孩子形象被无限放大,然后蒸发了。

从她长大的那个充斥着牌子和符号的世界消失,就好像一只无形的手忽然决定把她带走。

金米·迪奥失踪当晚,梅拉妮·克洛被问及,谁会怨恨她家人,打他们的主意,她提到两种可能:"网络骑士",还有"快乐小憩"的主要竞争频道"迷你巴士队"两姊妹的父亲。两边均收到在棱堡内部进行询问的传票。此外,迪奥夫妇的亲属(梅拉妮家人在永河畔拉罗什市镇,布吕诺家人在巴黎市郊)仍然受到严密监控。行程和电话记录都要彻底核查。小格雷高里命案[①]是20世纪80年代法国司法的彻底失败，留下永远无法抹去的印记。

在"36总局"实习时，克拉拉曾与队长G共事，他属于队里资格最老那一批。干了四十多年刑警，离退休还有几个月，给忠告和讲八卦的时候都格外大方。他经历过没有DNA技术、没手机、没有监控摄像头的年代。当时的调查依靠心理推测、直觉和经验。他喜欢讲这些。工具手段没那么科学，供词就是证据。"你知道啊，要想调查，"他说，"就必须回到案发现场。不知疲倦。回到事件发生的地方，回到开始。一次又一次回到惨案发生的位置。哪怕封存物证已经提取，哪怕全部都被打扫过，哪怕好多年以后。"

返回来。呼吸。察看。克拉拉记住了这一课。

正因此，11月11日晚，她独自驾驶部门的公车，返回沙特奈-马拉布里。

小区一幢幢小楼之上，月色微弱照亮天空。用于划分搜索区域的塑料警示带挂在杆柱上。夜深了，几盏路灯勾勒出街巷轮廓。地下停车场仍然禁止进入。花园中央，树木围成一小圈，当中的长椅看似摆放随意，彼此间距不一。克拉拉找一条长椅坐下。在她周围，数十扇窗子透着灯光。从花园这片望去，到处都有没拉窗帘的人家，她可以看到那些公寓的内部。到处都是相似的、现代化实用风格的人家：设备齐全的厨房，二人或

[①] 1984年10月16日晚，4岁男孩格雷高里在法国孚日山区一条河里被发现溺水而亡。案件审理历经十多年，凶手身份至今未知。该案在法国社会影响深广。可参看法国小说《十月的孩子》，菲利普·贝松著，余中先译，人民文学出版社，2007年。

三人沙发，纯平电视机。

楼群的分布让她想起童年的家。离这里不远，在另一片郊区，她也曾住在一处与此相似的地方。那边更平民化，是没错，但在她眼中，却像世外桃源一样。

有时感知到某个图像、某种气味、某一个词，克拉拉总会想起自己父母。他或者她，又或者同时想他们两个。就好像他们在如此短的时间内接连死去，得以让他们永远团聚。好想他们。多想跟他们谈谈自己，谈谈工作，多想让他们见到她长成了怎样的女子。条子，好吧，但这条子本该赢来他们的牵挂乃至尊敬。

像她这个年纪，总是想父母，兴许并不常见，甚至叫人担心。是一种空虚，一种匮乏，一种痛惜，她不确定她想要填补。他们之间的交谈在冷场之前就已中断。她没有成为母亲，兴许她始终是个女童。

坐在长椅上，像她儿时某些晚上那样，她花了些时间观察人：女人在灶台前一动不动，男人和少年聊着天，小男孩在刷牙。然后她闭眼听周围的动静；远处，一台收音机在响，更靠近她的地方，枯叶贴着地面不停滑动。

六岁意味着什么？

六岁，她可以这样待着，在小区花园里安坐，看人们怎样生活。她不去想象，不许自己编造。她满足于辨识出人们的习惯、日程安排、长时间的离开。她试着猜测其中的关联、人们的感受。回到家，两脚冰凉，鼻头通红，母亲张开臂弯，将她压向自己腰身，然后叹口气，低声呢喃："你这小八婆。"六岁，克拉拉进入韦德尔女士的一年级班。六岁，她爷爷埃迪死于肺癌。六岁，她会背雅克·普雷维尔的一首诗《懒汉差生》。六岁，她靠在阳台栏杆，想去抓一条发带，它挂在栅栏另一头。

她就这样栽了下去。从三楼掉到草坪上，幸好中途被树木枝条减缓了跌落速度。保姆吓昏过去，邻居打电话给消防队。在安托万-贝克莱医院，一直接受医学观察，克拉拉昏睡了二十四小时。因为恐惧，大夫说。她安然无恙。多年后，到了必须正视她体格发育迟缓的时候，在众多考虑要素中，跌落是首要因素。六岁，克拉拉停止长高。绰号马上就来了。渣渣屑、碎云片、小瘦子……可她身上某样东西，也许是庄重，也许是显见的平静，阻止了这些嘲弄。上初中时，她重新开始生长发育。不过，迟缓始终没有彻底弥补。

迷失在记忆里，克拉拉同一个姿势保持了好几分钟，背挺直，双手平放在座椅的木板上，这时布吕诺·迪奥走近她。

"有什么能帮您的吗？"

她没有表现出吃惊也没有退缩。只朝他笑了笑。

从一个丢了孩子的男人口中，问出这个问题，似是荒谬。在最初的困惑过后，她尝试解释自己的到来。

"我来核实两三件事……"

布吕诺环顾四周，仿佛期待某个之前未被留意到的细节忽然浮现，随后他疲惫的双眼重新落在她身上。

"您看起来冻坏了，想上楼暖和几分钟吗？"

克拉拉迟疑片刻。

金米失踪当晚，为协调案发现场法医鉴定小组的工作，她一直待在户外，没进公寓看过。机会错失不会再来。

"那太好了。"她说着起身。

布吕诺·迪奥把烟头在地上捻灭，捡起来，然后笨拙地比划，示意她跟上。

沙米坐在客厅长沙发上，埋头玩平板电脑。门在他们身后关上，孩子抬头，跳起来奔向父亲。穿着超级马里奥图案的毛圈睡衣，他看起来像每个八岁的小男孩，活泼又好奇。他盯着克拉拉看，于是她介绍了自己。

　　"你好啊，沙米。我叫克拉拉，我正和其他警察一起办你妹妹的失踪案。"

　　他露出视频里那种机械的职业假笑，但当他靠近，她发觉他脸上印着惶惑不安的痕迹。他眼圈泛紫，皮肤细嫩，能隐约看出血管的走向。她注意到他睫毛好长。

　　几小时的等候令人麻木，公寓似乎陷入了过热的深重麻痹之中。沙米站在她面前，目光从父亲转向克拉拉，又从克拉拉转向父亲，希望获知新情报、新情况。她从外边来的，从棱堡过来，兴许她带来什么消息要同他们讲。

　　梅拉妮走到儿子身边，用了个安慰或者保护的姿势，搂住他肩膀。克拉拉快速扫视她周围，寻找调查干预队的同事。

　　布吕诺预料到她想问的话。

　　"我爱人很难忍受谈判员在这儿，和他本人无关，家里一直有外人，很难办，您懂的吧……尤其是这种时候。所以您同事离远了，除非外面传来一丁点儿动静……"

　　就在这时，亲自证实了万事都逃不过他注意，埃里克·保兰走进客厅，迎接克拉拉。她认识他，应对危机或棘手的抓捕时，他曾多次支援她这一组。他们交谈了两句，然后他又匿了。

　　毋庸置疑，迪奥夫妇看起来就是一对被焦虑折磨着的家长。

"有些痛苦做不得假",克拉拉思忖着,但下一秒,一个不和谐的杂念压迫住她:每个刑警都知道表象可能是假象。所有电视新闻都播过,亚历克西娅·达瓦尔①的丈夫在岳父母身旁悲痛欲绝、热泪盈眶的画面出现在她的脑海。案发数月后,走投无路的他承认亲手杀害妻子并焚烧了尸体。

布吕诺主动提出让她坐下,然后走去泡茶。沙米不请自来,一下子就到她身边,用奇怪的口吻,仿佛充满了暗示,问她:

"你想看金米房间吗?"

不等回答,他已经到走廊门边了。

克拉拉从没见过这么多毛绒玩具、布娃娃、饰品、智力游戏、创意手工、运动设备集中在一个孩子的卧房里。这地方和玩具店一样满满当当。沙米站在房间中央,像一名年轻的房产经纪人,顺着她的目光,窥伺她的反应,准备提供必要的解说。一阵香草气息飘散开。在发现架子上有许多小瓶子之前,克拉拉不禁以为那是金米的味道,尽管她不在,依然留存甜蜜的印记。

一轮扫视后,她走上前。窗帘后面一大堆玻璃纸包裹的物品堆成小山——游戏、盒子、小箱匣——都还没打开。沙米解释说没有别的地方放了,为了支持自己的说法,他拉开壁橱。衣橱里,克拉拉发现一大批叠得整整齐齐的衣物层层堆起,其中大部分像是从未穿过。底下,挤着二十几双新球鞋。沙米把壁橱拉门重新合上,克拉拉环顾房间,寻找一处空当。

"你瞧,我们东西挺多。"他叹口气总结道。

金米书桌上,几盒毡尖笔、彩铅、至少三套绘画颜料堆在

---

① 法国女子,2017年10月28日周六外出跑步期间失踪并遇害。3个月后凶犯自首,案件告破。

一处。边上，克拉拉见到同事拍过照的小女孩画作原稿。纸面上，红头发的仙子开着拖拉机。

床边一个大箱里，堆放着几十个簇新的毛绒玩具。

有那么几分钟，克拉拉试着想象金米站在房间中央，屋里装满了东西，每一样物品似乎都有两个或者好几个。

什么都有的孩子能想要什么？

什么样的孩子能活成这样？被雪崩似的玩具埋葬，甚至没有机会让自己想要点什么。

沙米看着她，表情严肃。她朝他笑笑。

他们会变成什么样的大人？

"还有你自己的房间，能让我看看吗？"

他点点头，显然很高兴她能关心他，然后领她进了隔壁房间，克拉拉在隔壁发现了与此相似的物品，极大丰富，同样井井有条。不过金米的卧房兼具女孩卧室的刻板印象（粉色、超级多娃娃、首饰、瓶瓶罐罐），沙米这边集中了阳性气质对应物（深色、卡车、摩托、超级英雄手办和其他兵人……）。

等男孩坐到床上，克拉拉起了个话头：

"你不用上学吗，现在？"

"呃，不用，万圣节放假。一般我们会去主题公园，迪士尼乐园什么的，但这回没法去……因为金米不在啊。"

嗓音开始颤抖，他快要哭了。随后，很快，伴随他经常摆出的好学生模样，他振作起来。

"要我给你看看我的画吗？"

"好啊，很乐意。"

沙米走到书桌前，拉开抽屉，取出几张 A4 纸。

"你很喜欢画画？"

"不是。我更爱打游戏。昨天我画画是因为警察拿走我平板电脑检查东西，我好无聊。然后他们把它还给我了。没有金米我真不知道该怎么办。"

他把画递给她,然后停在她身旁,很近,能感受到他专注、沉稳的呼吸。

第一张纸上,沙米画了个日本漫画人物。第二张,一辆摩托,一辆赛车。最后一张画了全家人(父亲、母亲、两个小孩)坐在餐厅或是便餐店。从图上的杯子和蛋糕来看,四人正在喝下午茶。桌子底下,有个家伙紧挨着他们腿却没碰着他们,是个高大的少年,中长头发扎成马尾,蜷着身子。

克拉拉观察沙米。她完全不知道怎样向这个年纪的孩子问话,但她不能错过这次机会。她指了指桌底下的人影。

"他是个男孩,对吧?"

沙米得意地微笑。

"他们没请他一起吃吗?"

他想了一下,好像在默默问自己。

然后他冲出房间,飞速跑过走廊,去找他父母。几乎以同样快的速度,克拉拉从兜里掏出手机,拍下了这张画。

客厅里同样堆满东西,小口啜饮刚递给她的杯中茶,克拉拉听布吕诺·迪奥给她解说"快乐小憩"频道同广告商的关系。订阅人数突破一万后,礼物就开始陆续到货。现在人数已达到五百万,他们每周都会收到几十个包裹。想要广告合作,品牌包括玩具、服装、食品——"什么都有……"他总结说,手指向整座公寓——给他们寄来主打产品或是各式新品。面对这样的雪崩,他们没法全部留下。没可能的。在所有寄给小金小沙,还有寄给梅拉妮和家里的包裹当中,不得不做一个分拣。一年两到三次,他们就"清空"了。小金小沙自己选择想留下来的玩具,余下的装满大纸箱,给患儿或者贫困儿童寄去。分拣过程也由梅拉妮拍摄成新视频,在频道上发布,好让订阅者关注相关组织的行动。可惜啊，比起买东西、拆礼物的视频，捐赠视频并没吸引多少订阅者的兴趣。

在丈夫身边，梅拉妮默不作声点了点头。

听着布吕诺·迪奥的话，克拉拉想起了脏娃娃。眼下，在前一天捡到的几样东西当中，小布骆驼成了寻找接触 DNA 的对象，它是珍贵的希望。

她转向梅拉妮。

"那个……脏娃娃，名字叫什么来的？"

年轻女子脸上掠过柔软与悲伤交织的一瞬。

"金米这么叫它。是她最爱的玩具。她不想和它分开。是她很小的时候，小区里的女朋友送她的。朋友已经搬走了。玩偶，她有好多，您见过了。最开始，它叫'骆骆驼'。她总也不想洗，我一直跟她说：'它脏了，闻起来很臭，必须洗掉！'后来她就叫它脏娃娃。"

梅拉妮嗓音已经破碎。

"像她这个年纪，毛绒玩具，她根本不在乎。但就那一个，她到现在还抱着睡觉，走到哪儿都抱着它。少有的几回，我成功把它丢进洗衣机，她一下子就发了火……您能想象吧，知道她丢了，甚至她都没把它带身上，我……"

梅拉妮停顿了几秒，好让自己屏住呜咽。

克拉拉跟她还没熟到给她一个安慰的动作，而且梅拉妮口中说出的话让她觉得俗，觉得失礼。

控制一下自己的声线，梅拉妮再次对她开口。

"您有孩子吗？"

"没。"

克拉拉朝她笑笑。她早已学会仅用一个字来对付这问题，不解释也不辩解。若是她在语气中加入某种威严，绝大多数人都不敢再问下去。梅拉妮似乎被镇住了，却继续问：

"您将来不会后悔吗?"

要换成别人这么问,克拉拉说不定会翻脸。梅拉妮似乎觉得这是她个人选择,而不是什么不正常,仿佛看到克拉拉就足以理解这一点。

"不会,"克拉拉回道,"我不这么想。"

梅拉妮在她自己的思绪中迷失了片刻,纸巾在她指间揉成纸团。

"我没什么后悔的,您晓得吧,我喜欢孩子,比什么都喜欢。但有时我也觉得,自己这辈子不会再遇到什么好事了。不清楚为什么,就让我好难过。累的时候会这样。"

"亲爱的,在说什么啊,"布吕诺靠向她,插进话,"想要杯茶吗?"

梅拉妮没理他,继续对克拉拉说:

"您也这样过吗?会吗?感觉最好的日子已经过去了,余下的人生都不值得。"

布吕诺看着爱人,震动又惊愕。

"别说这些啦,亲爱的。你太累了。"

梅拉妮现在看向丈夫。她像饮醉了一样。

"你呢,你看不到坏的一面,亲爱的。你永远什么也看不见,不管是算计,还是谎言。"

她又转向克拉拉:

"您记不记得洛阿娜?"

犹豫一秒后,克拉拉点了点头。

"她走出来了,到最后。她几次自杀未遂,重度抑郁反复发作,但她现在还活着。所以可以说她走出来了,对吧?她好有勇气,您晓得啊。"

布吕诺又插进来:

"说什么呢,亲爱的?你该回房间休息一下。"

"她看起来那么自信。您有印象吗？她好美。好完美。她感觉自己和别人不一样，因为她确实不一样。她没有为这世界武装自己。"

她叹口气，然后说：

"您会找到我的小姑娘吗？"

一出到户外，克拉拉就深深呼吸，然后穿过花园。

霎时间，金米尸体埋在一堆瓦砾下的画面强行冲进脑海。克拉拉踉跄了一下，她稳住自己，继续赶路。

方才她必须直视梅拉妮·克洛的双眼并回答她问题。克拉拉说："我们已经动用了一切手段找你家孩子。"她说："请您相信，我们正在竭尽全力找她。"但她没法说："会，女士，我们会找到你的小姑娘。"像她其他同事会做的那样。她不懂怎样安抚面前的女子。"有些灾祸，人是无力应付的。"塞德里克·贝尔热如是说，又一句不知道哪儿来的话，他反复说，可能是为了自我宽慰。

克拉拉离开小区。有一样是肯定的。只要调查尚未结束，她的全部精神空间都会被一个六岁的小姑娘占满，那么多簇新的玩具，她只选了脏娃娃。

刑警队案卷——2019年

女童金米·迪奥失踪案

内容：
（分类）描述油管"快乐小憩"频道能够访问的视频。

"快餐快乐"系列
（观看次数在300万—600万次区间）

"我们蒙住眼睛下单"

麦当劳餐厅，眼睛蒙住，小金小沙在自动终端（点餐机）下订单。轮流选择十种产品，看不到自己在触摸屏上选了什么。

回到家，买到的东西（汉堡、薯条、奶昔、卷饼、饮料）从袋子里取出，在镜头前一一摆开。

东西显然比孩子能吃下的多得多。

变体：我们24小时吃麦当劳，沙米打开麦乐送外卖，沙米金米开快餐店。

类似形式也用于其他品牌（热狗、含糖饮料、比萨饼）。

克拉拉·鲁塞尔离开，他们留下，闭锁在这间公寓，和那个气势汹汹的家伙在一起，只要家里谁电话一响，他就会匆匆赶来。布吕诺同他交谈，压低嗓音，劝他来点茶或咖啡，但她不行。她行不了。她没法同他讲话。她宁可假装他不在这里。承认小伙在她家，等于承认发生了非常严重的事，承认他们的人生停摆了。

　　沙米已在餐桌旁玩了二十多分钟，用叉子尖拨豌豆，豆子从他盘子一端滚到另一端，他脸色好差，看起来很苦闷。前一天，他几乎什么也没吃。梅拉妮头一回在孩子面前感到无助。她不知该同他说什么，怎样说。她忙于驯服自己内心的不安，把它按捺住，她无法面对儿子的不安。她没有力气说"吃你的豌豆"或者"你别担心嘛"。她本想让布吕诺和她一起在厨房待着，而不是同那家伙交涉，想让布吕诺跟儿子说，把饭吃掉，上床睡觉。可现在只有沙米和她两个，沙米在等她先投降。

　　"去拿个点心吧。"她轻吁口气。

　　他站起身，面朝她，定了几秒钟。

　　儿子正观察她，从母亲脸上寻找某个指示、某种反应、某样暴露她情绪的迹象。

　　他总这样。观察她，揣测她，听出她声线里一丝一毫的变化。几秒之内，沙米就能感觉到她的担忧或焦虑。有时甚至比她自己还早感受到。同父母情绪联系如此密切，或许是长子特有的能力？有时令她不知所措。

　　他打开冰箱，抓起一杯香草酸奶，然后重新面向她，等她的许可。

他什么时候变成这样的？变成这样一个驯顺、随和的小男生？也许他一直都是。他永远表现得那么乖巧，那么通情达理。忽然间，她好想喊出来："你还在等什么？"

又一次预判了她的情绪，他回到座位上。

唯独一次，儿子顶撞过她，是在最初，频道刚开始火，每天都增加几百订阅量，梅拉妮经历了一阵压力大到可以说精疲力尽的时段。人们意识不到这一点，但她真的干了很多活儿。策划组织拍摄，同代理商、品牌方合同谈判，维护社交网络，大量的劳作，似乎没人看得见。她为此日夜操劳，为此搭上全部时间。某天，布吕诺正在参加平面设计培训课程，她刚布置好工作室，预备拍摄一轮。她已经告诫孩子们："我把摄像机放在这个角上，试一下全新的视角，你们当心别踩到电线。"几分钟后，她的话没有被辜负，金米双脚被电缆线缠住，摄像机伴随巨大的轰响倒下。于是梅拉妮开始朝女儿大喊大叫，扬起巴掌准备甩在她脸上。金米看着她，下颏颤抖，两眼睁大，饱含即将爆发的抽泣，梅拉妮继续大喊大叫，仿佛除了郁积到现在的紧张情绪，别的全不重要，现在它终于找到了发泄口。她宣泄着怨气、愤怒和疲惫的巨浪，然后沙米插到她俩中间，护着妹妹，面对母亲——实际是在充当掩体——她从未见过他如此阴沉、如此坚定的样子。然后他开始比她更大声地吼："这可不行！她是你女儿！"他用冒犯的口吻："比起你女儿，你更爱短视频！！！"或者类似的说法。他几岁？六岁？七岁？当时，他一下就让她熄了火。一阵沉默，然后金米哭成了泪人。梅拉妮只好双膝跪地抱住两个小孩，不停地说"没事，没事，没事啊"，直到小小的世界平静下来。

厨房里，她望着虚空，以惊人的精确度重温了这一幕。回想起儿子的脸突然变得如此僵硬，如此捉摸不透。

这一刻已经困扰她好久。她没有朝孩子大喊大叫的习惯，更别说向他们挥巴掌。压力之下，她感觉自己陷入一种从未有过的境地。她一直冲金米大吼，就好像他们全部的人生都要倚仗这台摄像机，就好像世界末日一样。沙米是对的。太过分了。之后，有好几个星期，她每天都会反复回想这个可怕的时刻，她感到惭愧。她没别人能谈论这件事。埃莉斯，小区里她唯一的友伴，已经搬走了。如果是埃莉斯，她本可以说出自己的感受，这种失措感。她本可以解释她的压力，所有这些项目都要同时推进。埃莉斯很温柔，她不会评判她。她会主动提议把孩子带去她家住一晚上，她时不时就会这样做，于是梅拉妮就可以喘口气了。孩子们很爱去她家。可是在埃莉斯搬走之前，梅拉妮已经和她疏远了。就这样，没有争吵，没有特别理由，除非算上梅拉妮把全部时间投入了"快乐小憩"。没人能衡量那需要投资多少下去。这份孤独，她不得不接受。成功的代价。

当然还有她丈夫。他就在她身旁。同他，她可以讨论视频、合作品牌选择，还有合同。她可以同他谈谈周末计划和孩子学习成绩。中短期计划。但她那天感受到的如影随形的苦涩回味，她不可能同他讲。

就是沙米插手调停的那天。

而后他又变回了那个乖巧、体贴、专注、从不抱怨的小男孩。

梅拉妮设法从思绪中解脱出来，沙米仍坐在餐桌旁。他喝空了酸奶，看她。她尝试对他微笑。他从座椅下来，用脚尖开启垃圾桶，丢掉空盒，把小茶匙放进洗碗机。然后，他一言不发走到她面前。

有那么一瞬间，她觉得在他脸上读到他永远不会说出口的话："是你的错。全都是你的错。"

刑警队案卷——2019年

女童金米·迪奥失踪案

内容：

洛伊克·塞尔芒询问笔录。

时间：2019年11月12日；询问人：巴黎刑警队值班警长塞德里克·贝尔热。

已向塞尔芒明确指出，他以证人身份接受问话，谈话期间他随时可以叫停。

个人身份：

我叫洛伊克·塞尔芒。
我于1988年5月8日出生在维勒班市。
我住在里昂市灰匙路12号。
我有民事伴侣关系。
我打理"网络骑士"频道。

事件记录（摘要）：

我的频道主要是解读油管网站动向。我2014年创建它，现已拥有超过一百万的订阅者。我指出互联网上偏离正道的行为，尤其是油管网这方面。人们叫我网络侠客，我觉得自己更像个吹哨人。我属于最早在油管网上公开反对针对儿童进行商业剥削的那批人，我之前发过几则与此相关的视频：2016年，"儿童意见领袖之丑闻""瞄准紧盯家庭频道"，2017年，"对，恋童癖会捡你们的私人照片"。但在这个议题上，最热的视频是我去年发布的："油管的小奴隶"。是我发起了第一次反对这类频道的请愿。引来了媒体的关注。免不了的，所有这些家长，我不能跟你说他们把我放在心上。所有这些在很长一段时间都无人理会。对啊，家长赚了很多钱，油管也赚，如果您明白我的意思……（略）

对，这就是几个频道之间在较劲。金米沙米现在拥有五百万的订阅者，"迷你巴士队"撑死也就两百万，可法布里斯·佩罗早在她之前就开始做了。他很火大。他投资了大型设备，他想尽办法增加他的观众。您看他的视频，他两个女儿看起来总是很疲惫、很麻木，只有他自己假装玩得开心。拍摄的更新节奏让她们难以承受。算一下就知道了。拍视频，要花时间。我可以跟您这么说，除了拍视频和睡觉，她们干不了别的什么事，这还没完，他还会凌晨三点把她们搞醒，就为了拍恶搞视频。他和梅拉妮·克洛靠视频和插播虚假广告从平台方面结账。在我看来，就是半斤八两：奴役儿童的节奏。因为油管网是个平台，但当他们意识到这样下去不是长久之计，他们变换了阵地：建立家长名义的子频道，并为每个人都开设了照片墙账户。目标很明确：占地盘。一切都已到位，就是为了规避日后的法律，钻空子。目前，有些家庭甚至开了直播。对，直播，您注意到了吗？（……）这就意味着当孩子们在泳池、超市、校园文化节的时候，一切都会在照片墙账户实时播送。订阅者可以互动或提问。保证一炮成功。（……）

在我看来，这些孩子是家庭暴力受害者。以后人们会这样说,您等着。我打赌。家长声称这是个人休闲爱好——它卷来了数百万的钱——我称其为隐蔽的工作。这工作很辛苦,让人精疲力尽,还危险,不管家长们怎么说。这工作将未成年人孤立起来,把他们暴露在最糟的环境里。(……)

这些人不懂什么叫隐私。您看看他们拍自家孩子,都没醒,不是在浴室,就是杵在早餐碗前,我没瞎编。看看这类影像就足以明白这是滥用。对,滥用家长权威。滥用权力。乖乖的小兵们背诵着同样的话,"迷你巴士朋友们好""咕咕快乐粉丝们""爱毛绒的大家好",他们爱心飞吻,或者星星飞吻,还有"一定别忘记订阅",还有"给我们点赞"。他们学会营业微笑,就像聪明猴子学会自己的号码牌。您觉得全家人都靠视频收入过活的时候,他们能说"不,我再也受不了啦,我不干"吗?

我不认为三岁小孩梦想成为油管网红……他们从非常小的年纪就被强拉进来,从此就像身陷邪教组织一样。基本逻辑一被接受,就不会再受质疑:我是油管博主,所以我幸福。我管这叫极权体制。梅拉妮·克洛可能已经跟您说过我是她敌人。没错。我是所有剥削孩子的家长之敌。(……)

我的视频引来许多评论和支持,也包括年轻人。您注意,别想当然,不是所有的年轻人都赞成这一体系。很多人感到震惊。因为真正的问题是,谈论最多的只有那两三个频道。还有数十个频道拥有一千、一万、三万、十万订阅者,都由梦想赚那么多钱的家长经营。眼下,没有什么能阻止这些父母全天拍摄并贩卖他们家孩子。(……)

总有一天,我们还要谈到天天看这些内容的孩子。他们在没人知道的情况下,吞吃掉上千吨的广告。他们不是几十个,而是几十万。吃麦当劳,大口吃哈瑞宝糖果,喝可乐和芬达……这就是广告给他们描绘的理想。一种理想生活,对吧?花两小时去看,您就会懂我在说什么。您会懂得这其中的损害……

对，肯定的，我想谈谈梅拉妮·克洛。我对这女的没意见。我见过她一次，在一次行业聚会，是她过来找我。她挺讨人喜欢。这女人非常善于表达自己，总是很有礼貌。我当时就这一主题做了一两个视频，她想让我相信是我错了，她想让我明白她是个好母亲，关心她孩子的福祉、教育，作为母亲她高度在位，又细心，她不断展示这一切。我没有试图争辩，我承认她是这样。我心里想："我们不是站在同一边的。"（……）

我知道她女儿失踪了。我知道是因为我把触角伸到各个地方，追踪互联网上正在发生的事。您运气不错，媒体还没有放出这消息，但肯定会走漏风声。人传人，传得很快。特别快。安静不会持续太久。（……）

不，我不认识汤姆·布林迪西。（……）他在我油管主页给我留了评论？一百万人关注我，您知道啊。主要是年轻人。不，我从没见过他，我从没跟他说过话。（……）

我为他们家感到难过，我衷心希望小家伙一切都好，希望她早日回家。但我并不怎么惊讶。要是您也一天从早到晚讲述您的生活，展示您漂亮的房子、您可爱的孩子、所有那些您攒到不知道该怎么处理的礼品，您就白管那些观众叫"亲"了，**爱心飞吻、星星飞吻**也白搭了，您就白相信他们一旦订阅就成了您家里的一分子，总有一回某样东西会碍了您的道。到那时候您才会意识到自己一直以来做得不对。

总有一回有人会发火，反过来指责您。

金米·迪奥失踪后第三天，克拉拉眼睛灼痛，脖子酸痛，她仔细重读了同事们存放在她文件栏里的询问笔录，然后将实验室返回的第一批材料做了分类。

在她周围，或沉默或喧嚣，调查继续。走廊另一头，应急室现在每四小时碰头一次。

门卫、门卫配偶、小区所有邻居都已接受询问。经交叉核对证词，停车场出入记录已列成表格并精确到分钟，但下午5时55分至6时5分之间目击到的红车，始终未查明身份。

三名侦查员补充，互联网小组继续筛查所有定期连接到"快乐小憩"的IP地址。正如所料，该频道最忠实的观众当中，不仅仅有儿童。恋童癖网站使用这些私人影像的行为已多次被证实。这并没有阻止成千上万的父母每天发布他们子女各种照片。未成年人保护队很快找到一些知名主页。现在是时候传唤他们、询问他们并核对他们的行程了。

随着时间过去，勒索赎金的假设逐渐淡化，事态变得愈发含混。在众多穿着短裤、芭蕾短裙、紧身舞蹈服、泳衣的孩子中，没准有哪个精神病患选中了金米。

午后，塞德里克·贝尔热将大把时间花在试图取得能够进入停车场的前业主或租户档案上面。物业本该记录所有发放出去的遥控器，也知道很少有人归还它们。但在2017年，小区换了物业。周末联系不到的前物业公司今早终于有了回应。和往常一样,塞德里克开了免提,这样克拉拉就不会因为沉浸在笔录中而错过任何谈话内容。前物业经理低声下气向组长解释,档案刚刚搬迁到巴涅奥莱一处仓库。万一碰巧保留了历史记录——因为实在没法确定——则有必要填表申请调用档案,表单必须有领导签字。领导休假去了,为期数日,回复恐怕会延后。

一开始稳重、也有礼貌的塞德里克到后来变得咄咄逼人:他有搜查的权限。经理用不变的内疚口吻回他说,他会把信息转达给主管,一定会给他答复。

吼完"这关系到孩子的命!",塞德里克挂断电话。有那么一秒钟,克拉拉真怕他掀了办公桌,自打他们共事以来,他已这么干过两次(这是一种无可奈何的表示,并不是他失控),但他腰突的事情还让人记忆分明。

"对这种傻缺我们能怎么办,克拉拉,你懂我意思,一群大傻缺!"

他想了几秒,又说:

"我和西尔万一起去。信我,他们要不想让新仓库变得稀巴烂,就赶紧找到操蛋的档案。"

说着,他披上外套,走了。

下午6时许,塞德里克还没回来,克拉拉已收到加急DNA分析结果。脏娃娃身上,鉴定出两种接触DNA:金米和梅拉妮的。室外和停车场提取的纸巾和烟头显示出十来枚不同的指纹。不巧的是,没有任何一枚纳入了国家档案。

下午6点半,她得知梅拉妮·克洛刚刚打发走了干预队的谈判员,她再也忍受不了他的存在。心理师曾试图见她,但她拒绝离开自己房间。

稍后，塞德里克给克拉拉打来电话。他两手空空地从物业办公室出来。不过，他已经拿到翌日一早将搬迁档案迁回的许可。

漫长的一天，又被诸多的不愉快所污染，她决定回家。

克拉拉打开公寓门，感觉身体松弛下来，意识到肌肉放松时的收缩。连续数小时保持警戒，却什么也没发生，是迄今为止最令她精疲力尽的事。这一点，她已观察到多次。她打开洗澡水，留心时刻把手机放在手边，然后检查冰箱里还有什么。一点儿鱼子酱，剩的擦碎胡萝卜丝（她从哪里读到，擦碎之后保存时间绝对不要超过二十四小时？），再往烤面包机放几片软吐司就可以了。

很长时间以来头一次，腹腔涌起熟悉的惆怅，弥漫在她的胸膛。想打电话给托马。想和他分享过去几个小时。只和他，别人不行。谈谈等待、焦虑，小姑娘的性命悬在没有任何确凿证据的调查当中。近十年来，她亲眼目睹了各式各样的惨案、创伤和悲剧，可至今她从没调查过孩子的失踪。她头一回坐在文件堆中央，感觉自己被淘汰出局了。

两人分手后，托马问过她的调动。他想离她远远的，离开巴黎，给自己重新活一次的机会。他走后，她主动给他写信。他不是她头一个以这种方式分掉的男人——突然分手，没有理由——却是她唯一想保持联系的人。因为他走后，她被迫面对一个明显的事实：沉默，令人难以忍受。没有他的消息，她活不下去。她想知道他的近况，他喜不喜欢新的工作，他适不适应那座城市，他有没有认识新的人。最早一批发出的信件，托马没有回应。坚持不懈，她不断地写，不断地讲述：搬到棱堡，小组重整，停车困难，做不完的海量工作。大大小小的故事。

各种疑惑，各种胜利。很长一段时间，她发的电子邮件都没得到答复。她甚至不知道托马有没有读到。不过，她意识到自己表现出某种自私，她继续写。然后有一天，他终于回了信。起初，回信很简洁，渐渐地，他也放任自己去讲述。他在警官培训中心的职务，他一直尝试传递的价值观，他的新生活。他定居在距离金山圣西尔几公里的一座美丽村庄，很少去里昂。他看起来很愉快。克拉拉珍惜这种远距离的联系，害怕有天他会告诉她，他遇上了某人。要是那样，她很确定，联系就会断开。实际上在过去几星期，他们的通信不那么频繁了。他会用更长的时间来回复。她努力尊重他的节奏。

这天晚上，她比任何时候都更想写给他，同他说话。若能换来他在身旁，她愿付出任何代价。

关掉洗澡水，她发现水太烫了。赶紧拼出一餐盘饭菜，在电脑屏幕前坐下。点击几下，她打开油管"快乐小憩"频道的主页。显示出五十来张缩略图，对应最热门的视频，每张缩略图下方都会实时更新观看次数。咀嚼食物的同时，克拉拉开始看视频。她前一天发现可以按日期给它们排序（从最早到最近，或者倒序）。视频有上百条。

从头开始，回到原点……

抬头一看，三小时过去了。她伸了个懒腰，活动一下背部和关节。浴室里，水冷了。她打开排水塞清空浴缸，关掉灯。

虽然很累，但她似乎没法上床睡觉。

她重新坐到电脑前，打开她做笔记的文件夹，从第一个晚上开始，她就尝试将它归纳成理论。

有必要为这些影像命名，描述它们，进行排序。

有必要从这个没有轮廓的无限空间中提取它们，它们在其中既隐蔽又过度曝光。这个空间，产生了数百万次观看，世界其他角落对它一无所知。这个空间，不合常理地逃脱了所有形式的管控。

有必要将它们搬运到真实世界。

为此，语词是她唯一的武器。

为了其他人能接受她所见过的事情——那些没看过也永远不会看这类影像的人，那些根本不知道它们存在的人——有必要继续把它们写下来。

白纸黑字写下来。

对，这就是她必须做的事，哪怕自相矛盾，哪怕没有任何意义。

哪怕一点用处也没有。

对着屏幕，连续三小时，她不断地大声重复："必须先看到，才能够相信。"

刑警队案卷——2019年

女童金米·迪奥失踪案

内容：

克拉拉·鲁塞尔撰写的油管"快乐小憩"频道视频综述。

自该频道推出以来，以每周两到三条视频的速度，孩子们已拍摄出五百至七百条视频。

视频观看次数总和已超过五亿次。

该频道目前有五百万订阅者。

除了传统开箱（拆看包裹、玩具或甜点）以外，最受欢迎的视频是在家里拍的各式游戏和挑战。

消费是大多数视频剧情的核心。购物、拆箱、吃东西是孩子主要的活动。

除了家里，超市、游乐园和电子游戏厅是最受订阅用户欢迎的次级场景。

2015年—2017年间，梅拉妮·克洛尚未出现在镜头前。她的声音以画外音形式引导孩子，点评他们的行为。

2017年起，她开始现身。其后我们可以注意到她发型和妆容的快速演变。随着她越来越活跃，她的形象也愈发鲜明：她通常穿着粉色或白色，喜欢绸缎和亮片。她的外表显然参考了沃尔特·迪士尼设计的女性角色。尽管如此，孩子仍然是视频的中心。

随着时间推移，视频形式、剪辑和图形特效愈发专业。孩子们有时会玩角色扮演，台词显然背过。但还要保持业余拍摄感和家庭沉浸感，让观众最大程度认同这个家。

随着孩子长大，他们的态度变了。

最开始，金米不注意看镜头。她感兴趣的只有游戏和母亲的赞同。兄妹俩看向镜头外的母亲。

渐渐地，随着布景的改变（尤其随着家庭工作室的创建），孩子们学会了看向目标对象。

同时，他们的着装也在改变。开始，金米沙米都穿中性的服装。从2017年起，每条视频都要穿不同的衣物：T恤衫或者卫衣，印有频道各个合作品牌的首字母，或者品牌主推的人物形象。衣服从不重样。

2016年底起，语法和语言变得更加明确。小金小沙在每条视频的开头结尾成体系地重复同样的句子，敦促网友订阅频道，给他们点赞。

开头套话："快乐粉丝们好，希望你们都好。我们特别特别好！"之后梅拉妮的声音通常会接棒，确认大家都挺好，问问孩子今天的挑战是什么（游戏还是拆礼物），就好像他们是自己做出决定，而她和观众在同一时间得知情况。

结尾套话（小金小沙轮流说话，或者齐声说）："拜拜，快乐粉丝！你们要是喜欢这条视频，欢迎分享！给你们好多星星飞吻，爱你们哟。别忘了点赞，一定要订阅哟！"

2017年，为了回应针对频道的抨击，沙米和妹妹一起拍了条视频。面对镜头，他笑得有点僵，他解释说自己一直梦想成为油管博主，他的梦想已经实现了。台词写得很清楚，背得也很好。在他身边,金米双手放在膝头,默默点头。沙米站起来跳了一段舞步,然后"发自内心"感谢所有支持他们、喜爱他们的人。他用下面的话作结:"我们必须成为其他有梦想的孩子的榜样,让大家看到,你必须永远对自己有信心。"

几个月来,金米的热情似乎已经消退。尽管剪辑活泼,特效越来越多,小女孩的不情愿或者疲倦——她不如哥哥隐瞒得好——往往可以察觉得到。

最近拍摄的某些集数当中,她的目光有时会溜走,仿佛一切都与她无关。她脱了钩,不再倾听,不再看镜头,总要她母亲重复指令。

她像个乖乖的小兵,强迫自己微笑。

*

目前"快乐小憩"一些视频的观看次数已超过两千五百万次。

食物挑战是该频道最大的成功。在有机和纯素时代,金米沙米展示的产品八成是垃圾食品(含糖饮料、快餐、甜点)。

游戏标题中使用的英文词汇是成体系的,灵感显然来自英文用户频道。总体来说,"快乐小憩"的视频与"迷你巴士队"、"布偶天团"等竞争频道的视频类似,都是互相借鉴。

所有视频遵循着相同的戏剧推动力:欲望的即时满足。金米沙米实现了所有孩子的梦想:什么都买,马上就买。

小金小沙经常受邀推广游乐园和游戏厅。几乎所有周末都花在这些出行上。

每年至少一次,小金小沙在见面会上和他们的粉丝碰面。见面场地设在各大游乐园,它们会被拍摄下来,成为新视频的物料。小金小沙像明星一样受欢迎。粉丝们在栅栏外排队，经过漫长等待（平均两个小时），带着亲签照片离开。最幸运的粉丝可以跟孩子们合影自拍。

有若干视频旨在推广家庭推出的衍生产品（日程本、智力游戏、笔记本、钢笔）。

金米失踪前几日，梅拉妮·克洛发布一条名为快乐小憩真相的视频，只有她独自出现。她头一回没有推出任何游戏或者推广任何产品。她语气严肃。这是为了回应社交网络上成倍增加的各种抨击。

梅拉妮·克洛提到了旨在监管油管网站儿童活动的法案，该法案正在审议研究中，她声称支持该法案。她和她的家人已在遵守即将发布的各项法规。讲话中多次暗示她的竞争频道"不那么严格守规"。她还提到关于他们的谣言（孩子们辍学，据称沙米在校受到骚扰），她坚决予以否认。她多次重复说，大家都特别特别好，最后作总结："我们是特别团结的一家人。我家孩子很幸福，他们有个非常关照他们的母亲，可能因为这个惹来这么多的妒忌。我们比所有这些诽谤都更强大。我们知道有你们在，你们爱着我们。我们经历的一切全都是因为你们。我们也特别特别爱你们，我们发自内心感谢你们：谢谢，谢谢，谢谢！"

女儿失踪后的第四天早上,梅拉妮·克洛和布吕诺·迪奥收到一枚标准尺寸的白色气泡膜信封。一只童稚的手写下梅拉妮名字(只有她的名)同她家完整的地址,包括楼栋和楼层。一个非常幼小的孩子——也许是金米——誊抄了这些词语。布吕诺观察涂写的笔迹,一道冰冷汗水从他背上滑落。当她反应过来那是什么,尽管反复跟他们强调过必须遵守的指令,梅拉妮还是扑到邮件上,撕开它。

"别那么干!"布吕诺大吼。

无视丈夫的抗议,梅拉妮把手探进信封。她取出一张拍立得照片,上面是金米。贴身拍的,小女孩坐在地上,背靠一面白墙。冲着照片,梅拉妮忍着不吼出来。在信封深处,她找到一小捆东西。仔细看,包裹是用一张薄纸做成,折叠了几次,用透明胶带密封。还有张光滑卡纸上面写了便条。梅拉妮读完信息,瞬间,双手的颤抖蔓延至全身。

布吕诺抓起纸卡,见到以下文字。

> 想再见到你女儿,
> 照我说的做。
> 拆包裹过程拍下来。
> 然后发布视频。

他直起身。

"什么都不要碰!"

梅拉妮僵住了,包裹在拳头里攥紧。

"必须告诉塞德里克·贝尔热。这上面有指纹要提取,我们会把它搞脏的。他们跟我们重复二十遍了,梅儿,要是绑匪跟我们联系,或者接到任何东西,都要马上向他们报告!"

他的口气一下子变得特别坚定。他走到她身边,企图掰开她手指。

"不行,不,"她恳求道,"听我说!我们先照他们说的做,然后我们再报警。我答应你。"

有几秒钟,他们用目光彼此对峙。

布吕诺从未见过妻子这样。她嘴唇流着血,眼神像个疯婆子。

他走向厨房,带回她不时拿来做做家务的一包乳胶手套。他取出一双递给梅拉妮。

她一言不发靠到桌旁,犹豫一下,还是选择坐下。布吕诺找出摄像机,把它搁上脚架,打开它。透过取景器,他确认梅拉妮好好框定在镜头里,准备好开启录制。

她戴上手套,深吸口气,开始拆小捆包。

他拍摄。

当她发现纸里包着的是什么——从哪儿来的,它那么细小,几乎看不见——她发出了尖叫。

她泪流满面,他关掉摄像机。

布吕诺靠过来。两条腿无法支撑住他身体。它们发着抖,断了线,不完全受他头脑的控制。

在看清妻子发现了什么之前,他也花了点时间坐下,有意拖延着不去看那个可能会摧毁他的景象。

然后他目光落在粉红色纸上,一枚孩子的指甲,光滑、干净。从大小来看,原本长在食指或中指上。

他忍住不把拳头砸在墙壁上,抓起手机,拨打塞德里克·贝尔热的号码。

未成年人失踪案件中，推定行为人通常是他：在家庭成员范围外，98.7%的案件，强奸和谋杀儿童是由男性作案。在勒索赎金的绑架中，则需要用到复数的男性：绑匪很快就会说明他们的要求。单复数的使用和统计数据相匹配。

不过，哪怕收到了金米·迪奥照片和奇怪要求的信封，侦查人员仍坚持使用单数。没有明确理由，刑警队潜意识里设想了一个单独行动的人。绑架发生次日，他从巴黎十区某邮筒寄出这封邮件。盖着绿色邮戳，非优先级邮件，这封信花了两天才送到梅拉妮·克洛手中。绑匪不着急。拍立得照片上，小女孩的衣服鞋子正是她失踪那天穿的。金米看向镜头，表情严肃、专注，没有任何束缚或创伤的迹象。包裹附带的指示是大写字母手写的。可没过多久，克拉拉发现了第二条信息，用铅笔在包指甲的薄纸上潦草写道："别忘了视频，不然下回你会收到一根手指。"

双重信息，手写体。可以看出某种形式的业余或即兴而为。兴许是障眼法。

"或是狡猾的伎俩。"利昂内尔·泰里总结道。

从最开始，刑警队就一直在等赎金要求。考虑到赎金假设，连同孩子的名气，检方已决定立案。到目前为止，绑匪只要求一件事。让梅拉妮发布一条视频。

"不是随便什么视频，"克拉拉明确指出，"开箱视频，就像她家小孩拍的那种。"

短暂沉默后，她补充：

"但这回,由她拆开包裹。"

专家指出,照片摄于失踪次日。收到的指甲属于六岁儿童,但已被清理干净,几乎不可能做更精确的分析。

眼下刑警队不得不做出决定:是否答应绑匪的要求。在勒索赎金的情况下,通常策略是争取时间。但就目前而言,绑匪并没要钱。他也没约见面。他只要一条视频,他可以在家或者随便哪家网吧观看,隐身在众多粉丝或好奇的人群里,人们会一遍又一遍观看,更别说算法了,凭借其可能做到的病毒式传播,算法将在很长一段时间内继续推广它。是应该妥协,希望绑匪能接下来说明他的要求,还是等待,冒着收到另一封证明绑匪决意的信件风险?意见出现分歧。一番激烈辩论后,利昂内尔·泰里断然拍板。必须朝着他的方向迈出一步。迫使他离开丛林,同他取得联系,让他再次露面。

所以梅拉妮·克洛得完成他对她的要求。随后做了新一轮讨论,好确认在哪些平台播放视频,克拉拉态度明确:油管网是开箱的地方。

晚7时许,自己的电脑仍被扣在棱堡办公室,梅拉妮·克洛在"快乐小憩"频道发布丈夫拍摄的视频。它以今天的日期为唯一标题,时长大约四十秒,没有任何配文。从中能看到梅拉妮打开包裹,尖叫,然后用手捂住脸。没有声响,简短,谜一样,这些影像却不乏真切的激烈戏剧性,任何头一回看到的人,即便是脱离语境,没有任何解说,都能明白这不是恶作剧或者表演。这段视频这样短,却将观众召唤进了戏剧。梅拉妮的痛苦变成一场奇观,其中隐含的暴力无疑保证了病毒式传播及其成功。

也许这正是想要的效果。

事实是，视频一上传，迄今多少有些克制的流言几秒钟内在各大社交网络平台飙升：金米·迪奥被绑架了。梅拉妮·克洛的影像被无休止地复制和评论。绝大多数解读都趋于相同的结论：母亲收到了孩子的一截手指。

克拉拉刚满十三岁时，父母最终同意购买一台电视机。经过多年徒劳的争辩和屡遭拒绝，她不得不动用一些特别手段：在客厅和厨房墙壁张贴海报，就地发起抗议运动，多次请愿，每天发放传单。很快成立了后援委员会，成员包括她养的狗狗"阿玄"、表妹埃尔维拉、表弟马里奥。公寓窗子底下第一次静坐，已然动摇了父母的信念，门卫岗亭前第二次静坐——旨在召集新的追随者——总算让他们下定了决心。克拉拉最后赢了这场官司。她终于可以和女伴们讨论剧集《圣女魔咒》《老友记》《荒野女医情》。她得等到圣诞节才能兑现她的胜利果实。在达尔蒂家电专柜，蕾雅娜和菲利普选定一台中等尺寸电视，还需要在客厅给它腾出地方。几个月过去，菲利普按时收看剧集《定格画面》《午夜之声》，蕾雅娜则从来不错过任何一集《急诊室的故事》。尽管克拉拉在电视机前的观看时间仍严格受到管制，然而父母外出活动众多，给她留出一块不容忽视的犯规余地，对此菲利普和蕾雅娜闭眼无视。

通常晚间，他们三人都在家的时候，菲利普喜欢坐她旁边分析影像。渐渐地，他教会她解读媒介景观的结构：使用条件句来弥补信息的不足，八点档新闻的简讯，通讯报道或者财经栏目的虚张声势，以及无法克服的、电视真人选秀当中的虚构成分。菲利普特别感兴趣的是：全天候发布资讯的头部频道，它们的语法、用词，它们填补空当的奇妙能力。克拉拉和他编出一台小品，"前方特派记者为您直播了不起的屁事"，每次都演得不亦乐乎。

长大成人，父母已不在了，克拉拉明白过来：她是这对激进的爱人同志独生的爱女。在朋友当中，蕾雅娜和菲利普是头一批要孩子的。她出生时他们还很年轻，他们带着她四处跑。克拉拉出席了所有的联欢会、野餐会、集会，在百提不厌的家庭逸事中，几个月大的克拉拉参加的人生第一场示威后的联欢会属她最爱听的一回。傍晚时分抵达，蕾雅娜和菲利普把她睡觉的摇篮放在主人家床上，然后别人和其他朋友也来了。他们挤在小客厅里喝酒讨论。两小时后，蕾雅娜找到了埋在一堆围巾和外套下面的摇篮。摇篮里，她一直在睡，浑然无觉。回想起来真后怕，它也载入了家族传奇，菲利普总结认为，他女儿永远不会透不过气。

她在大人的谈天中长大，褓褓里就听遍了再生产、支配、暴力、不服从、战斗，还有一大堆类似的字眼。孩提时，克拉拉已敏锐意识到世界的苦难，出生在正确的地方是种特权。她六岁停止长高，在一系列用来解释她何以停止发育的假设中，坠楼并不是唯一理由。几个月的时间里，克拉拉去看心理医生，大夫很担心她超乎年龄的老成和清醒。他坚决嘱告她父母让她远离某些讨论。

成长教育过程中，她始终保持着严格律己和反抗精神。她争取在置身事内的同时不断自我反省。她也用同样的眼光审视自己的工作。她常想起父母对彼此的爱。那曾是她平衡的源泉。一股不可否认的力量。

到今天，处在无可增减也无可反驳的神话核心，这份爱成了某种无法企及的典范。

有些案子重新激活了记忆和创伤。警察同事间偶尔会谈论，言不由衷，他们很少承认自己能体会到共情和憎恨，或某个故事比另一个共鸣更深。他们必须让自己表现得牢靠。冷静自控。而不是表现出情感。她记得有一晚，塞德里克打破沉默。他告诉克拉拉，杀夫杀妻案令他如此难以入眠。他父亲家暴过母亲，好几回差点闹出人命。所以在职业生涯中，每回遇到这种命案，他都感到自己代谢发生了变化；只消几个词，几幅画面，就能令不安在血液中放大，他慢慢学会了与这种焦虑对抗。

一小时前克拉拉离开棱堡。她先是拖延着不下地铁，而后再次决定步行回家。毛线帽子扣在头顶，手套戴好，沿着圣芒代大道行走，她意识到金米·迪奥失踪案奇怪地反照出昔日的她，小女孩的样子。

也许照见了自己永不可能成为的样子。

和她同事一样，克拉拉喜欢默默工作，避开光线。"暗无光亮，不图荣光"，一段时期曾是刑事侦查员的座右铭，不知真有其事还是纯属虚构。

休战，她知道，已经结束。一枚炸弹刚刚在媒体和社交网络上引爆。从现在开始，聚光灯纷纷对准：家长、家庭、警察、邻里，没人能逃过雷达探测。

视频播出后一小时，十多名记者已驻扎在棱堡门外。另有一批围堵了蓝鱼小区，还有一些攻占了周边的商铺。"前方特派记者为您直播了不起的屁事"到岗就位。鼻子冻得通红，话筒拿在手中，他们会一直坚挺到最后，搜刮各种八卦、揣测和评说。

梅拉妮向右滑动手机屏幕，一组近期信息列表显示出来。她不会错过那些或惊或吓、或美或丑的大事消息，或许她正是为此才时时滑开屏幕：早起醒来时，白天抓得空闲休息时，上厕所时，在超市排队时，晚上将要睡觉时。假如让她估计每天重复了这一动作多少次的话，实际情况一定要多得多。因为用拇指简单点一下，对她来说，正像很多人一样，成为了一种与世界相连的方式，或者干脆，是这世界偏好戏剧性的一种结果。

因此，这天晚上 10 点左右，梅拉妮第二十次查看苹果手机屏幕上的消息提示。

新　闻

lci.fr（法国在此处）网
正在直播：油管女童星金米已失踪四天。
商业调频电视网
人间惨剧。小金米的母亲应绑匪要求发布了一段视频。
法国西部网
番茄病毒。菲尼斯泰尔省一处农场现已确认感染。
巴黎人网
失业津贴：2020 年新动向。
天气预报
沙特奈–马拉布里市

晴好

降水概率：20%

通常情况下，她会在第一条内容上停下来，尽管有种模糊的负罪感，但出于对社会新闻的天然好奇，她仍将四处搜索额外信息。她会一边想着"太可怕了"，一边升起一种真实情绪，恐惧痛苦参半，那是双重的情感冲动，既感到由衷的同情，又为事不关己而松了一口气。因为她知晓：唯有看到灾难，才能体会到自己究竟有多安逸。当人们发觉生活在无可挽回的悲剧中瞬间倾覆时，安宁才变得弥足珍贵。

但这次情况不同，失踪的不是某个小姑娘。失踪的是她的小女儿。

晚上，梅拉妮和丈夫暂时以假名身份转移到距棱堡百十来米处一家新开业的酒店，蒂姆游旅馆。给他们订的是一间宽敞明亮的小套房。沙米委托给布吕诺的父母照顾，他们已从昨日起闭门不出，防止摄像师的侵扰，并让小男孩远离电视。

梅拉妮发布视频以后，观看次数马上开始激增。

上床以前，她犹豫不决地来回转了几分钟，最后还是忍不住瞧了下频道的控制面板。那些统计数据是由油管自动生成的。

她的新视频赫然出现在首页上，成绩不菲，系统评论显示在下方："您的上一条视频获得优异表现！"

在这种时候，机器生成的评语会让梅拉妮感到荒谬与残酷，但她没法移开目光。

不可否认，快乐小憩上的其他视频也在这盏聚光灯下受益。所有数据均呈绿色趋势：最近二十四小时内，观看人数提升

24%，观看时长提升23%，收入提升30%。

  平台以粗体大写鼓励道："**太棒了**！您的频道在最近28天内获得3200万次浏览。**恭喜您**！"

  梅拉妮重读了几遍评论。她感到受宠若惊。同时又很满足。
  当她意识到这点时，内心充满了厌恶。没错，她感到厌恶。
  她想起人们吸入自身体味时的那种快感。汗液、排泄物，和脏污头发的味道。她小时候脱掉袜子以后，会把它们凑近鼻孔嗅闻。
  这正是她此刻在做的。

女儿失踪的第五天早晨,梅拉妮不到六点就起来了。镇静剂总算让她睡了三个钟头。状况没有那么糟。

可一旦清醒,痛苦就显现出来。酸楚的液体在体内蔓延,不断侵扰她的呼吸。有时,梅拉妮得在地上打滚才能忍住不叫,其他时候,她只想找个地方蜷缩起来。她幻想把头埋进柔软的质料里,然后失去知觉。金米的影像——她的笑容,她可爱的小脸,娃娃般的举手投足——一刻不停地向她袭来。有时,她在寂静中听到女儿的求救。她以前从未想象过这种痛苦,从不知道只是保持站立就要付出这么大努力。

他们的生活停止了,时间却以原本的速度继续流淌,或许慢了一点点,是的,也许有减缓,但她不是那么确定。她什么也确定不了,就好像她的一些最初级、最基本的感官,完全被阻断了。她有时不再知道自己身在何处,是何年何月。

然而,昨天收到的那封信又使她重拾了希望。金米还活着。

她来到窗前。一时间,她默默注视着这座城市苏醒:第一批送货员,第一拨行人从地铁站冒出,还有穿梭往来的市政绿皮卡车。在互联网上,躲避信息已变得没有可能。在所有搜索引擎上,失踪、死亡、绑架、赎金、剁手指成为与金米·迪奥相连的最常见关键词。各种假设层出不穷。有人信誓旦旦地说,据可靠消息称,赎金现已提高至一百万欧元,另有一些人指出,此事前后脱节,信息披露如此迟缓,恰好可以证明这是由家庭一手策划的以吸引眼球为目的的虚假绑架案。

昨天，梅拉妮的母亲打来电话。她抽泣着责怪女儿什么都不告诉她。她也有知情权。并不是只有布吕诺的父母才会担心。结果她不得不承担所有这些疑问、打听和旁敲侧击，现在所有人都知道了，她的电话响个不停。梅拉妮听着她母亲哀叹命苦（"你根本不想对我们说，什么也不做，你心里没我们"）而一言不发。母亲连一回都没问及她的情况，或问问沙米怎么样，或是对金米或任何一个人表达出关心与同情。母亲只是抱怨一帮人围在屋外，打电话来询问调查进展，全家人和她姐姐家都不堪其扰，桑德拉不得不把孩子从学校接回来。这些事对她来说太难了，这么失礼，媒体的压力，尤其是当她从网上了解到这件事的一波三折以后。她使用了这个词，一波三折，梅拉妮挂断电话。

空调的嗡鸣声把她震得麻木，最终她被巨大的挫败感淹没。母亲一直试图继续打来，根本没设想过通话的中断可能是故意的，梅拉妮总在第一声铃响时就挂断。这一动作重复了三遍，总算让她松了口气。她不该放任自流。她必须坚持。她并不孤单。她有一整个社群。相亲相爱的大家庭。因为她从照片墙账号上收到了几百条信息。有的表示支持，有的表示同情。很多人点赞，各色的桃心，充满爱意的表情符号。

母亲没有跳上火车，赶来她身边。母亲留在自己家，回答邻居的问题。这是她无法否认的事实。但她的订阅者，长久以来爱她、追随她的人，他们却在。陪伴她。在她身边。他们鼓励她，向她保证会支持她。

同样不得不于深夜在床上吞下安眠药的布吕诺，此刻还在睡着。四天以来，梅拉妮第一次感觉到饿。她犹豫着是否该打电话给客房服务，叫一份早餐，但最终还是决定等丈夫醒来再说。

她再次看向窗外。天已经亮了。城市活动愈加紧促。交通稠密起来，越来越多的男男女女从地铁口拥出。从高处俯视，他们的身影仿佛在细雨下滑行。楼下，有轨电车定时通过，吞吐一批批乘客。这些人行色匆匆，偶有面露疲惫，但他们都忠于自己的例行日程。这是一些还没有被苦痛的海洋淹没生活的人。梅拉妮把鼻子贴在窗玻璃上，这样待了一会儿。然后她回到卧室，看向还在熟睡的丈夫。布吕诺仰面躺着，一条胳膊放在身侧，另一条窝在羽绒被上。他的额头、眼皮、眉毛微微抖动。一些或许不会留下任何记忆的画面、感受和梦境正从那里经过——这些微小的放电——使他的脸看不出休息的样子。梅拉妮一直凑到很近，能感觉到对方的呼吸。布吕诺的皮肤光滑。他很帅气。饮食健康，不吸烟，常锻炼。他正是她梦寐以求的那种男人。一个可以托付的人。布吕诺一直跟随他。他毫不犹豫地辞去工作，随她一起投身于这场由她牵头并登顶的虚拟征途。他放弃信息工程师的大好前程，钻研拍摄、剪辑、记账和特效制作。他相信她，相信她的才华，相信她有能力改变他们的生活。布吕诺是一个忠诚的人，不会背叛她。他欣赏她。她无数次听到他以半开玩笑的口吻这样谈到他们的家庭，"是我妻子管理"，又或"得和女当家商量一下"。布吕诺真是个现代的男人。一个好人。而且务实。他不必靠发号施令或当家主事来显示男子气概。他是那种女人可以依靠的男人。

昏暗里，她看着他的胸膛有节律地呼吸起伏。房间屏蔽了外界噪声，在这种宁静中，她丈夫时不时地流露出一声简短的呻吟。她突然想摸摸他的头发，抱抱他，可又没有这样做，因为担心把他吵醒。

梅拉妮对着卧室的镜子脱掉衣服，在自己的映像前赤裸身体。她凑近镜子，直到呼吸在光滑的表面形成雾气。只要干脆利落地来那么一下，当时就能头破血流，血肉模糊。这幅画面一闪而过。然而她转过身去,把自己关进浴室,开始淋浴。

当热水打在她的皮肤上时,她端详起了自己。她的大腿、小腹、乳房。她一直梦想拥有另一个身体。那种一眼望去令人向往的身体。过目难忘的身体。当然。也是为性而生的身体,就像那个纳碧娅、萨瓦娜、维妮莎。她幻想占有她们的大长腿和肉感翘臀。她自己的身体就不那么吸引人。不比那些可以持续改造以便更加迷人的女人,有着完美的可塑性。这就是个平凡的身体,中等水平,既不丑也不美。她生过两个孩子,岁月的洗礼使身体微微发福。皮肤变得松弛。但她的乳房还和原来一样。饱满,结实,坚挺向前。

她闭起眼睛,一幅画面飞过:有双手在抚摸她的乳房,或者不如说,把它们整个抓在手中。一双贪婪的大手。那不是她丈夫的手。

淋浴结束时,梅拉妮下定了决心。

她将穿好衣服,出门并步行至棱堡街36号。在接待处,她会要求面见克拉拉·鲁塞尔,她会对她和盘托出。

金米·迪奥失踪第五天早上,克拉拉还没有走到她的部门,就在走廊上遇到了正比手画脚、对着手机大呼小叫的塞德里克·贝尔热。他歪歪头,示意她随他回办公室。她跟了上去。

近距离相对,她这才有时间好好端详他。他面孔紧绷,脸色灰白。"他四天来都没睡觉",克拉拉心里想着,对他露出微笑。塞德里克一边坐下继续讲电话,一边指示她也落座。通过只言片语,她判断他在和干预队通话。

他俩之间的第一次碰面并不轻松。早在与她合作以前,塞德里克·贝尔热就对她的名声有所耳闻。人们说她是个古怪苛刻的学究。她的父母都是老师,之前在一次任务中曾与一名警督有过恋情:这两条不可磨灭的信息今后将跟随她到天涯海角。她入队前他曾见过她两三次,深深记得她的青春面貌和那副舞者改行跑马拉松的身形。她虽身材小巧,却散发着古怪的权威特质,这让他一开始很是警惕,并以毫不掩饰的保留态度接待她。相传她能够数小时埋头公案而不喝一杯水,并且从不放弃。但他比较习惯依靠自己得出结论。在他看来,克拉拉曾亲口对他说,她希望被叫做"女诉讼人"而非"诉讼人"。塞德里克觉着这没什么毛病,不过仍旧提醒她女诉讼人(procédurière)一词与悍妇(mégère)和长舌妇(commère)都很押韵。她回答说她觉着这两样都很好。这是他们头一次一起大笑。后来,塞德里克又再度对她的直觉、豁达与体能耐力感到震惊。克拉拉举手投足活像国家视听研究所档案里展示的那种二十世纪六十年代的年轻女性,只是她还要加上自嘲。作为优秀猎手,他懂得调整观察视角与焦距。他很快便意识到她是一名出色的侦查员,并将在他的团队核心发挥重要作用。几个月后,她成功搅得整个班组不得安宁,强迫全体(包括他在内)以更高的语法和拼写要求重写笔录——美其名曰:挽救队里此前不够严肃的形象——从此他便叫她"女院士"。

雅号就这么定了下来。

又讲了几分钟,他总算挂断电话。

"你猜不到我发现了什么吧?"

"不知道。"

"我女儿,她们是快乐小憩还有那个梅拉妮的粉丝!她们两个!迷到不行!显然这已经有一段时间了,因为她俩把那家近两年来的事整个给我讲了一遍。我差点儿就招她们来做问讯了。我小女儿喜欢金米,大女儿更爱沙米。自从有了手机,老大还在照片墙上关注了'梅拉妮甜梦'。她高兴得不得了。说她'又漂亮,人又好,简直就是仙女',原话。总之,几个月来她们一遍遍地观看这玩意,我和我妻子全都没发现。想必我们从远处看到过,但音乐正常,又是孩子们在玩,就没怀疑过。你知道,只要没看色情片,我们就觉得没什么。真的从来没想过,原以为她们碰不到广告,实际上却看了个遍……你知道,我相信很多父母都是这样的。他们从远处看着不觉得有什么不对。自家孩子看别家孩子玩罢了,大不了露点儿屁股,也没什么危险的呀。可现在我读了你的笔记,必须承认我有点儿担心。我明白过来为什么那天,我小女儿非要在家乐福买刚刚发售的迪士尼人偶了。还有她对奥利奥饼干的突然热衷。"

"还好她没叫你每周末都去一趟欧洲乐园……"

"真让你说着了,克拉拉。不到一个月以前,我的大女儿问,为什么我们不去游乐园。言下之意:我们就是些没有消遣的可悲灵魂,不但没钱,还没事可做。"

他俩一起大笑起来。有必要释放压力。他继续说。

"昨天晚上，我花时间看了点儿视频。克拉拉，我跟你说，我从没想过这事真的存在。必须亲眼看见才信，是不是？太疯狂了……说真的，人们都知道它存在吗？"

"别人我说不好。但成千上万的孩子和青少年的确梦想拥有沙米金米那样的生活。光鲜挥霍的生活。"

"院士有何赐教？"

"我正想和你说呢。梅拉妮频繁使用'分享'这个词。她会说'等下我和你们分享''我们有超多新鲜事要和你们分享'。这是个全球通用的英语用法。然而在法语中，它其实不太符合规范语法。"

"反正他们也没分享出什么大事，如果我没搞错的话……"

塞德里克停顿一下，更加严肃地说下去。

"以她赚的钱来看，她说自己有敌人恐怕不是假的。"

他暗自出了一下神，才继续话题。

"说起来，'迷你巴士队'那家伙，带他女儿们去出资招待的俱乐部酒店免费过万圣节去了，今天回来。下午来咱们这儿。我们核对了行程和电话，一切正常，不过我仍然蛮在意他会讲什么。反正……"

他似乎想找句合适的话作为结尾，但什么也没说出来。克拉拉正在逐渐了解她的组长。他强扮好汉，却忧心忡忡。有时，某个他不理解的感觉、印象或举止就能毁了他的一天。她正要问他怎么了，他就直接说了。

"你知道，克拉拉，早在第三次问讯之后，那个梅拉妮·克洛，我就想让她闭嘴。我想对她说：放过你的孩子！放他们一条生路……事实上，我并不觉得快乐小憩有任何快乐可言。甚至感到相当沮丧。你明白我意思吗？"

克拉拉非常明白他的意思。那些过分轻松的语调，愚蠢甚至时有自辱的无穷无尽的游戏，不加区分的无节制消费和购买诱导，对垃圾食品疯狂追捧，同一句话重复到令人想吐，这一切都让成年人大为困惑不解。

克拉拉刚要开口答话，塞德里克的电话又响了。他接起来，一言不发地等对方说完，然后把脸转向克拉拉，挂断电话。

"梅拉妮过来了。她想见你。"

刑警队案卷—2019年

女童金米·迪奥诱拐囚禁案

内容：
　　梅拉妮·克洛第二次询问笔录。
　　应当事人要求，由克拉拉·鲁塞尔于2019年11月15日记录。

（摘要）
　　这不是什么细节，我一直以为它是件完全无关的事。对，没错，我反复告诉自己：完全无关。但今天早上，我改变了看法。我对自己说，必须讲给您听。要知道我爱我丈夫布吕诺。我们是和睦的家庭。我不想破坏我们苦苦营建的一切，我不想冒险。（……）
　　沙米出生后，我和丈夫曾有过一段低迷时期。这在夫妻中也很常见。疲惫，束缚，日复一日……围绕新生儿展开的全新生活，似乎核心只有：童车，汽车座椅，婴儿背带，摇椅，去朋友家作客时的婴儿旅行床，您知道，所以这些东西都要一次次展开，再叠好，要说明书，使用剂量，适用于奶瓶，还有蔬菜指导说明，真可笑，因为这些事实质上是那么简单，可在当时的我看来经常是那么复杂。于是我们之间，一点点地产生了某种距离，又无声地越豁越大。我们做爱频率渐渐降低，几周以后，就彻底不做了。事实上，我再也忍受不了我丈夫。我受不了他凑近我。我喜欢他抱着我，搂着我的腰，或肩膀，喜欢他抚摸我的脸颊，可一旦察觉他的欲望，我便身体僵硬。我忍受不了我丈夫碰触我。就是这样子。我很不想告诉您这些，我知道这是很隐私的，您也是个女人，或许您可以理解。(……)

其余一切都很好，从不争吵，不发火，没有瑕疵。我读过论坛上新手妈妈们剖析的心路，您知道有好多这样的帖子，而明白到在您之前，有很多女人都是这样过来的，这很治愈。事情安定下来，甚至凝固，而时间越久，我就越难摆脱出来。我丈夫接纳了我的拒绝。他不再尝试任何接近。不再爱抚，没有真正的亲吻。他保持在安全距离上。一天晚上，我和一个女伴一起去餐厅。是我在旺代的高中同学，几个月前才在脸书上找到。她刚刚搬到巴黎大区。能通过社交网络找回那么多认识的人真是太厉害太神奇了，不是吗？她希望重新保持联系。沙米已经两岁多一点儿了，而我始终未曾做爱。一次也没有过。

我们在十四区一家啤酒馆共进晚餐。那时我在巴黎很少外出。整顿晚餐，邻桌的一个男人一直盯着我看。他面冲着我，和他一起吃饭的另外那个男人只露给我一个后背。他俩吃完后，他让朋友先走，自己独自坐在吧台上。他在等我。我立刻就明白过来。我觉得他的脸很熟悉，像那种，您在另一个时期、很久以前认识的什么人。只是我想不起来能在哪儿遇见过他。我不慌不忙地吃完了饭。我知道我会去吧台找这个人。我知道他喜欢我。这种确定会发生的会面，以前在我身上从未出现过。它完全取决于我。饭后我陪朋友去找她的车，然后假装忘拿了围巾。她走了，而我原路返回，走进啤酒馆。他看来并不惊讶。他冲我微笑。直到那时，我才认出了他。(……)

他叫格雷格。您也许见过他,因为"瞩目岛"冒险节目第一季的每一期里都有他。我并不认得他本人,但就和所有人一样,在电视上见过他。在红队阵营。您没什么感觉?他们戏称他为拉昂,因为他像那个漫画人物一样,一头金色长发的肌肉男。他变样了许多。我走近他,我们喝了一杯,接着又喝了第二杯,我猜我认出他这件事,让他有点小感动和小得意,毕竟过了那么久,都不止十年了,没错,我猜这让他很受用。他没能赢得游戏,但他进入了决赛。他对我说我很漂亮。问我能不能把手伸进我的套头衫里,我说可以。他就住在餐厅旁边,我跟他回了家,两人一起躺在床上。在我丈夫之前,我只和一个男人睡过。我从没体验过这样的做爱方式,我是说如此的自由,而此后这在我身上也再没发生过。我回到车里,感觉很好,就像我的身体突然重获了新生,又再次运转起来。就像这只不过是一个机械问题:线圈、皮带卡住了,而一个熟练的工人刚刚修好了机器。(……)

在您看来或许奇怪,但从那时起,我又能和我丈夫做爱了。跟您讲,就在同一天晚上。没错,同一天的晚上。(……)

一周以后,我发现我怀孕了。这原本太早,但我就是知道。(……)

我再没见过格雷格,我们甚至没有交换电话号码。我有时会想起他,是带着感激之情,就像回想某个把您拉出困境的恩人那样。我把这个故事装进一个盒子,一个美丽的盒子,却上了双道锁。您知道,女人学会如此,去封存那些最好不要想起的记忆,因为比起好处,它带来的坏处更大。没错,女人懂得这些。一两周以后,我买了一支验孕棒,结果显示阳性。当我告诉布吕诺我又怀孕时,我看出他有点失落。我们才刚刚恢复性生活,但无论从他或是我的教育背景,我们都没法接受堕胎。(……)

于是我决定这孩子是他的了。我这么决定只是出于我个人的意愿，而非其他什么。(……)

金米出生，而一切对我都更为简单。她是那么可爱。她学说话很早，性格活泼，简直人见人爱。我开始拍视频是因为我想把这些、把这些美好的时刻分享给更多人。我见过这在美国一些家庭是如何通行的，心想我们为何不能。我花了几个月时间才达到十万订阅用户。然后突然，进展便快了起来，随后沙米也开始加入视频，后来的事您都知道了。(……)

金米四岁生日后不久，格雷格联系了我。那时我刚刚在照片墙上创建了"梅拉妮甜梦"的账号，作为我们油管频道的补充。他给我发了一条私信。他想见我。我的心抽了一下，您无法想象。我都已经忘了有他这么个人。没错，我完全忘了他。就像人们说的：彻底抹除。我和他约在巴黎。心里很害怕。担心他会毁掉一切。我们在一家咖啡店见面，离我们相遇的啤酒馆不远。他甚至没等到服务员上来招呼，就问我金米是不是他的女儿。说他想过很久，他觉得她长得像他，他还推算了年龄。我对他说不是，说女儿完全是我丈夫的翻版，他虽然是栗发但小时候同样也是金发。尽管我尽量以一种不愿发生冲突才勉强敷衍的口气说"是吗，那好啊"，格雷格还是从钱夹中抽出几张他小时的照片，这对我简直是一记重拳，因为金米和他长得真像。她也像他。虽然她也非常像布吕诺，所有人都这么说。我感到天旋地转。觉得自己的世界就要坍塌。一切都崩溃了。所有我努力营建的一切——我们的家庭、成功、几个月来身处其中的这个白日梦——都要破灭。我以为格雷格约我出来是想敲诈我。报纸已经开始谈论我们的收入，电视上也有过一两次报道。他当然上过《电视之星》和《七天电视》的封面，也有过自己的高光时刻，但自从"瞩目岛"节目之后就走了下坡路。他自认为是一名电视节目主持人和体育记者。但事实是，他仍旧是一所私立学校的学监。当我振作起来，问他想要多少钱时，他悲伤地看着我。他很平静。他不要钱。他想见见小女孩，一次，只消一次，便足够他下定决心。这就是他所要求的全部。之后，我不会再听到他的消息。他向我一再保证没有其他企图。只想知道。无论如何，他也没有什么能给她的。他孤单又疲惫。从他这样的人身上她得不到什么。我记得他对我说："我如此失败，你指望我对一个小女孩做什么呢？"这让我很不自在。我们又谈了一会儿，我告诉他我会考虑一下，然后安排一次见面，之后我就离开了。坐在车里，我心想他可能会自杀，他看起来是那么沮丧，我承认有那么一刻我希望，没错，我希望他回到家后就吞掉整个药柜，这会使事情变得简单许多。我很羞愧自己会这么想，但我太害怕失去一切了。

于是，我安排他在一个周三下午，在巴黎的一间茶室见金米。地方是他提的。我带了两个孩子，我没有其他选择，那样会引人怀疑。我对他们说我要见一个高中时的老朋友。我们喝了一杯巧克力，他们俩都很乖。通常金米总是一刻也闲不住，但那次她没有吵闹。挺直得像根杆子。简直像个小模范生。我明显感觉出，她被格雷格震撼到了。他也同样很震撼。他偷偷观察她，激动到不敢正视她的目光。他们只说了几句话。那天她点了千层酥，这是她最喜欢的糕点，她却几乎没有碰。

在回程的车里，沙米问我可不可以告诉爸爸今天见到了格雷格。孩子们的感觉真是太敏锐了。真是可怕。我回答说可以，当然，我已经告诉他们爸爸，会去见一位好久不见的朋友。我们回到家，金米抱起她的脏娃娃，跑去睡了一会儿。我们再没提起这个话题。

就是这样。我以为他会再次联系我。最终向我要钱。但我再没收到消息。我关注了他的脸书账户。这次见面的几个月后，我看到他搬去澳大利亚生活了。两年来，他再没发布任何内容。

什么也没有。我有时会在谷歌的搜索栏内敲入：**格雷格**，"瞩目岛"，只为看看有什么信息出现。甚至有时，我加上"死亡"一词。万一呢。(……)

我知道，早该告诉您这些。您已经反复多次强调：所有线索都必须评估。哪怕是最小的细节、记忆，甚至表面看来最不起眼的琐事。非常抱歉……（略）

您知道，我确定金米不是他的。您也看到了，金米长大后发色变深，她越长越像我丈夫。但今天早上我决定无论如何都要告诉您。谁也说不准，对吗？我当然希望我丈夫对此一无所知，想必您也会理解。您觉得有可能吗？

格雷瓜尔·拉龙多的姓名和地址并不难找。他只在澳大利亚待了一年,其间先在几个农场工作,然后在墨尔本的一家法国餐厅做领班。签证到期后,他返回了法国。简短的邻里调查表明,他回到母亲位于十四区的家中,一起住在一间三居室里。只有地址上显示的电话号码。这些预先收集的信息勾勒出一个孤独而沉默寡言的形象。自从回国后他便一直失业,很可能依靠母亲供应生活所需。

几小时内,刑侦组就能识别他的网络地址,观察他在油管上的活动。格雷瓜尔·拉龙多定期访问快乐小憩频道,并在最近一个月内,花了将近十五个小时观看金米与沙米的视频。只要他也关注"梅拉妮甜梦"上的动态,就会知道这个家庭详细的行程:在别墅2号购物中心买完东西后回家,17点15分开始捉迷藏。而他刚好有时间驾着母亲的车从十四区赶来,登记注册文件上显示,这是一辆红色四座雷诺扭转舞型号的旧车。

塞德里克·贝尔热选定在早上实施搜查。队伍先在棱堡集合,以便装备和听取简报。不排除金米·迪奥就在公寓中的可能。克拉拉要求和他们一起去,她再也受不了只能在办公室里转圈圈了。

早上5点钟,贝尔热的队员们喝完咖啡,每人都套上防弹背心。克拉拉最爱这种备战时刻:克制的兴奋,装配武器的咔嗒声,金属柜纷纷被急切地关上。

他们一行五人,在停车场里上了两辆车:塞德里克和西尔万第一辆,克拉拉、马克西姆和特里斯坦第二辆。这个时间,街上还十分冷清。

当他们向这个在几小时之内就变成了头号嫌疑的男人无声地驶去时,她想到梅拉妮·克洛。或者不如说,想到这个女人那种表述的方式:清晰,流畅,略显做作。真诚忏悔与空洞刻板语句的奇怪组合。梅拉妮说的是"我们是一个和睦的家庭""我不想冒险破坏我们苦苦营建的一切",还有"您知道,我真是个尽善尽美的母亲"。那种表达就像她以一种鹦鹉学舌的方式无知无觉地接收过来,又再度传递出来。但这些词又来自哪里?网络吗?电视剧集?克拉拉聆听的时候没有打断,她任由梅拉妮展开讲述。这是她学会的方式。首先让人讲完。如果必要,她再回到每一个句子。有时,一名嫌犯站在她面前,她能识破对方的谎言。她能破译肢体语言。但这不是她在梅拉妮身上感受到的。这女人来对她坦白一个秘密,是她一直冒险保守到现在的。克拉拉对她释出过同情。痛苦忧虑中的梅拉妮·克洛令她动容,但与此同时,她身上的某些东西——一种否认或者说盲目——又让她觉得无法忍受。梅拉妮·克洛把身为母亲当作旗帜和武器。一个完美而无可指摘的母亲形象,正是她今日所标榜的。她的理想角色。她们二人的生活没有多少共同点。克拉拉始终单身,从不知晓夫妻间的磨合,以及身为人母所能带来的转变。但这不仅是视角上的偏差。这女人的语言完全逃过了她的判断。

将近6点,塞德里克和西尔万驶入穆顿-迪韦内街。他们在目标附近找到一个车位,另外三人也在临街停好。他们通过刷卡门禁系统集体潜入大楼,悄无声息地登上楼梯。6点整,他们按响门铃。

几分钟后,他们听到脚步渐近,有个女人的声音过来应门,问他们是谁。塞德里克自报家门,并对着猫眼亮出证件。一个六十多岁的小妇人把门打开。她万分震惊地放他们进入。队员们在公寓中默默散开,塞德里克则留在她身边。

"太太您好,您儿子在家吗?"

"是……他在屋里睡觉。"

"他自己吗?"

"是……"

"那如果您不介意的话,我们去叫醒他。"

塞德里克素以礼貌著称,哪怕在危急关头也绝不草率,有时甚至达到荒谬的地步。老妇人指了指走廊。第一间是敞着门的空房间,第二扇门关着。塞德里克示意手下几名侦查员不要敲门,开门直入。

格雷瓜尔·拉龙多迷茫地从床上猛然坐起。他身上只有一条短裤,请求先穿好衣服。他笨拙的动作显示出他茫然不知所措。他总算套上圆领衫和牛仔裤,来到客厅在母亲身边坐下。克拉拉看到他蜷缩在长沙发上,立刻想起了沙米的画。那孩子所描绘的长发高个儿的少年,像地毯下的灰尘一样藏在桌下的隐匿者,无疑正是他。

他们告知这对母子要进行搜查,并当场开始。两个人都没有丝毫的反抗。

三小时后,贝尔热小队不得不承认,搜寻工作一无所获。没发现任何金米·迪奥的踪迹,也没有证据显示她曾在这间公寓内逗留过。此外,早在一年前,格雷瓜尔·拉龙多的母亲就把红色扭转舞四座车给了她女儿,只是从没去变更车辆手续。这让她腾出车位租给其他人。

上午收工时,母子俩毫无挣扎便同意跟侦查员回去,好到刑警队做笔录。格雷格的电脑和手机这类东西也被拿走。

快到克利希门时，尽管开着警笛，他们还是在轿车和货运车的车流中足足堵了半小时。十字路口的交通无穷无尽。

终于回到办公室，克拉拉感到精疲力尽。她需要咖啡因。尤其需要承认的是，她很失望。想象亲生父亲在油管上寻找女儿的场景的确浪漫，但她本来蛮有信心。无论小姑娘是不是格雷格·拉龙多的种，这条线索总归断了。几小时以后，他们又将毫无头绪。

她只能回去工作。

把相同文件一读再读几十遍，重新组织梳理，查看照片和记录，调查可能忽略的迹象，牢记常识、盲区和时间线，这是她的工作。有时，在理案过程中，那些在不可抗力作用下以肉眼可见速度倍增的案卷材料，会闪出一点灵光，一个微小的细节，突然照亮了整体。又或者，在某个推倒重来的疲惫夜晚，沿着一个词、一个想法的联想，思路顿开。但是现在，任何路都没有显现。相反，所有可能的出口似乎都关闭了。

刑警队案卷——2019年

女童金米·迪奥诱拐囚禁案

内容：

法布里斯·佩罗询问笔录。

由巴黎刑警队高级警员西尔万·S记录于2019年11月16日。

佩罗先生被明确告知，他仅以证人身份提供证词，并可随时中止问讯。

该人身份：

我叫法布里斯·佩罗。

我于1972年3月15日出生在庞坦。

我住在博比尼（市政编码93）的丈量街15号。

我离婚了。

我照顾两个女儿：梅利斯（7岁）和方塔西亚（13岁）。

我经营迷你巴士队频道。

陈述事实（摘要）：

我当然知道这件事，人们现在不谈别的。女孩们都不敢上街了。尤其我小女儿,她一想到会被绑架就怕得不得了。但要我说,就是事出必有因。(……)

我很为那个小姑娘难过,为他们的遭遇难过。真是惨事。您知道,梅拉妮·克洛这人,她树敌不少。我一定对您讲过我和她之间有过一些摩擦,我想这也是我坐在这里的原因,但是请相信我,觉得她做得太过的人不在少数。而且她居然还敢大言不惭,说什么是受美国节目的启发。其实一开始就在抄袭我。不吹牛,在法国我可是头一家。您可以去核实。梅拉妮·克洛,她根本什么都没发明。所有那些挑战、游戏,那些个点子,您以为打哪儿来的?全是迷你巴士队的!是我观察的美国模式,这倒是真的,但我加以改良、调整,再创新!而她,左偷一点右偷一点,主要模仿我,完全是照搬。只需看看日期就明白。我发布的和女儿的原创视频,"爸爸24小时对所有要求都说好",火了,一周以后她搞出一个"妈妈一整天对所有要求都说好"来。您自己去看看油管上的历史记录,那些日期可不会骗人……我才是创作人。最初是我花钱买了那些产品,健达奇趣蛋、乐高积木、芭比娃娃。我投入。随后,品牌商开始联络我。梅拉妮·克洛,她简直虚伪至极,什么"这是我拍的小女儿唱的歌谣,我可不是来带货的呀",但她的真正目的很快就暴露了。

问:话虽如此,可家庭频道不止你们两家,还有别人吧?
答:是,是,现在可多了。订阅用户超过一百万的共有三家:快乐小憩、布偶天团和我们。其他还有游乐至上俱乐部、里戈洛玩具城,这些都是后来的。当然,有些人市场定位做得好。比如,您知道费利西蒂吗?就是那个以自己名字命名频道的小女孩的母亲,她是一位前蓝色海岸小姐。她针对的是"少女风"的空缺市场,非常奏效。事实上,圈内的人或多或少都彼此认识。有些小派系……我和女儿,我们和布偶天团家的利亚姆和蒂亚戈关系很好。他们住在诺曼底。我们甚至为订阅用户做了一些两家合作的视频。我们相互帮助。梅拉妮·克洛却总是独来独往。她从一开始就不顾别人,缺乏道义,一心只想赚钱。您看到他们扩充的那个货栈了吗?啊哈!她没对您讲过吗?商品类目齐全,手账本,记事簿,用不了多久您就能看到她推出自己品牌的童装和妈妈们的化妆品了。我已经准备好押注了。

(……)

问:您见过梅拉妮·克洛和她的孩子吗?

答:是,是,见过很多次。聚会时在水上乐园还是欧洲乐园的,想不起来了。不少家庭频道都被邀请了。还在巴黎游戏周遇到过,去年或是前年吧,记不清了。就是在那儿发生冲突的。这女人从来不打招呼。就像不认识我们似的……我可不是那种好欺负的人,于是我走上前去,对她说受不了她这种态度。好多人看到了,还在网上引发了热议。因为几次采访她都说,她是严格守规的。她每次都忍不住补充:那可不是所有人都做到。她是在暗指我。可您看到她每周拍多少视频吗?还有她现在贴出的那种风格?我可以告诉您,这很花时间:必须反复重来……要编排和布置场景,她的孩子也跟其他家一样,随时待命。所以呢?有什么不能承认的?我家女儿,她们喜欢干这些。是她们在吵着要弄,否则就觉着无聊。可梅拉妮·克洛竟敢暗指我拍得比她多,说我不尊重女儿的休息时间,还说我拿她们赚钱自己花……当时我简直气疯了。

问:她这么说的?

答:她从没指名道姓。她更狡猾。您看过沙米那个视频没有?就是站出来维护母亲,说没有被利用那段。真可怜啊……这还不是人质!我不会告诉您互联网上的人身攻击什么样:妈宝男，死基佬，头号舔狗，我已经把最恶毒的给了您。

问：现在快乐小憩频道已经远远超过了您，对此您怎么说？

答：刚刚说过了，她满世界抄袭。坦白讲，那样的成功我不想要。的确，当被小金小沙超过时，我的女儿们很难过。以前她们是女王。能做第一她们很自豪。这也很正常。所以她们不可避免地大受打击。尤其是最小的梅利斯，我差点以为她会把我弄崩溃。她不明白为什么人们会更喜欢小金小沙。她觉得没人再爱她们了。我向她们解释，重要的不是第一位的头衔。重要的是所有仍旧关注我们和依赖我们的那些孩子。因为万事都说不好，不是吗？所以，我不能否认梅拉妮·克洛超过了我们。但就目前为止，并非我自夸，比起她来，我宁愿做我自己。

依照传统，刑侦各组负责人与副手共用办公室，但塞德里克·贝尔热长时间地独自霸占着小单间。喜怒无常的他，在沉默与突然暴怒间长期游走，所以也没什么人前来打扰他。当克拉拉加入班组时，他指派她坐在他身边的空位上，这让所有人都很震惊。他是想看住她。她丝毫没犹豫就接受了。她早习惯和危险共处，而且集中注意力超强，甚至可以在硬摇滚现场照常工作。他本以为两星期也就到头了，没想到，她毫无争议地与他共享一片狭小空间，一晃就是好几年。在答应他的两个月前，她还曾拒绝过一间独立办公室。

埋头在电脑前，克拉拉读完了早上从文件筐里拿到的两份口供，这时她接到从实验室打来的电话。听对方说了四十来秒后她挂断电话，立刻转向塞德里克，向他转述内容：梅拉妮·克洛提供的指甲里没有检测到任何 DNA 信息。即便曾有血迹，也被小心擦掉了。

塞德里克想了一会儿。

"克拉拉，我不明白的是，自从视频上传，那家伙始终没露面。他知道我们在等他指示。要么他在耍我们，要么他就是在找一种稳妥的方式来确保他拿赎金。小女孩的照片已分发给各分局，父母俩的电话线路都有人监听，十区安排了三班人马无间断地轮岗盯梢。"

克拉拉尝试稍稍转移话题。

"网络组那边有消息吗？"

"没什么特别。油管几个月前对所有儿童参与的视频关闭了评论功能，因为其中有偏激内容，甚至有恋童癖夹杂其中。一些广告商威胁要撤回广告预算。照片墙那边，梅拉妮·克洛说她每天会定时删除负面甚至恶意的评论。至于网络地址，因为小朋友们也会反复刷视频，所以没法据此明确定位到嫌疑用户。不过，通过与资料中心比对，他们还是从中找出了四个人，曾有过下载儿童色情图片的前科，他们都定期收看快乐小憩，并偏爱那种两个孩子衣着暴露或身穿泳装的夏季视频。其中有两人事发时在巴黎大区。已经核对了他们的日程，以及绑架案当天他们的手机痕迹。这两个人都不可能。无论如何，自从这个调查开始以来，任何假设似乎都撑不过三个小时。"

"格雷瓜尔·拉龙多怎么样？"

"绑架当晚拉龙多和母亲一起待在家。她用固定座机打了半小时电话，而他结束例行散步后，于下午6点半左右到家：都是些老路线，经过勒克莱尔将军大道、勒内-科蒂大道，还有伯祖街。邻居看到他出门和回来。我在等监控摄像记录的结果，但有很大可能他并没说谎。他情绪低落，生活定时定点。而且我实在看不出他能对那小姑娘做什么，公寓里什么都没搜出来，共犯的假设也毫不成立。一切又回到了原点。"

"绑匪一定会再现身的。"

"他在磨父母的心理防线，测试我们，下一步就该提赎金了。"

"你觉得他会要钱吗？"

"我希望如此，克拉拉。要不然他就真的很变态，这可不是好消息。那你呢，你进行到哪儿了？"

"都做好了。你吩咐的要件转给克莱尔案的法官了，罗谢案交接的笔录完工了……重读了迪奥案最新的口供。"

她犹豫着要不要继续下去，但塞德里克也开始对她有所了解了。

"你有什么打算？"

她对他笑了笑才开口。

"我希望看完全部的动态。梅拉妮·克洛近几个月来用照片墙账户发布的所有内容，还留在上面的一切。我想用我的电脑安安静静地把它们全部看一遍。"

"这种做法不是特别传统……"

"只不过是一个小小的程序和需要拷贝下来的个别数据罢了。动动手指，很好办的……"

她顿了两三秒，又补充道：

"我想了解更多。"

梅拉妮·克洛每条故事动态一开始都要面对镜头说一小段话。最近她刚刚变换了发型（修剪更短，突出了她的鬈发）和着装风格（她对花朵的偏爱展露无遗，无论财务条件或赞助商都能确保她频繁进行更换）。

随着时间的推移，梅拉妮·克洛变为了梅拉妮甜梦。梦幻与居家的魅力在她身上巧妙地融合起来。但梅拉妮甜梦首先是小金小沙的母亲。一个精心编织他二人幸福的仙女妈妈。从早到晚，穿梭在孩子身旁一刻不停地忙忙碌碌——孩子黏住她，她也离不开孩子——她讲述每天的日常，如此构建出一种自我经营式的家庭直播，或多或少隐去了赞助商的痕迹。最主要的，她营造了一种所有粉丝都是家庭成员的归属感。

克拉拉从最早的动态开始看起（记录可追溯至2016年），一直到去年冬天，她从那时起设置了程序按时间顺序自动展示照片。

日复一日，早安与晚安语在一成不变的重复中日日上演：亲们好，祝你们拥有美好的一天／好了亲，祝你们睡个好觉，给你们闪闪星星飞吻！

克拉拉让自己渐渐投入进去。梅拉妮·克洛的嗓音真诚亲切，抑扬顿挫，她意识到她所产生的入迷感，介于迷恋与排斥之间。这些图像令人成瘾的功力是毋容置疑的。看了一小时后，她放下电脑休息。她必须保持住距离。

最近几个月，梅拉妮加快了节奏。一起床就开始记录日常，场景也越来越多起来。微不足道的活动、小事和最普通的出门也都成为了内容素材。

床上，卧室，厨房，客厅，放学回家，看电视，写作业，玩平板，上街，购物，坐车，林子里，游泳池，无论哪里，小金小沙都被妈妈拍了下来。她随时出现，举起手机，开始传输图像。一切时间、一切地点（上厕所和洗澡幸免了）皆逃不过摄像机的记录。练习本，成绩单，图画，凌乱的床铺，都暴露在镜头前。不能拍摄画面时，梅拉妮就解说。她好像蹲守自家的特派记者，不会漏掉任何报道。如果因为生病、疲惫，或其他原因几小时没有更新，她就向用户们道歉。

与油管视频一样，人们可以远远观看这些形象（八成看起来人畜无害），又或者近距离细瞧。

显然，疲惫来源于不断的重复。

在一系列图像中，有一件事清晰地显现出来。最近几周，金米的态度改变了。有时只是小小的细节：孩子脸上的一个表情，回避的体态，试图躲开镜头的阻挡动作。但另有一些时刻，小女孩的不快是明摆着的。好几次她都想抱住她。把她从照片中救出来。离开那里。

越来越频繁地，当沙米试着以招牌式笑容和点赞的大拇指维持形象时，金米则套上兜帽，背过身去。她好像想要消失。面对这些图像，克拉拉不禁想说：关掉！不要再拍了。

她重新打开程序，梅拉妮的声音再次充斥房间。克拉拉目不转睛地看着屏幕里的小女孩。

夏末有一条节目是在未来视觉眼镜店实拍的，梅拉妮发起投票，请用户们为沙米选眼镜。她询问金米的意见，可小女孩只是精疲力尽地坐在椅子上，再不开口。

梅拉妮一离开商店就宣布了投票结果：多亏了亲们的帮忙，雅卡迪家的镜架胜出！

当沙米冲着镜头微笑时，金米站在后面，看向别处。几秒后她意识到入了镜，就疲惫地用脏娃娃挡住了脸。

这一天金米似乎罢了工，无法游戏、微笑，无法假装。

在另一条标注 9 月星期三的动态中，母亲拍摄了兄妹俩为快乐小憩推出的新品文具签售的场景。沙米和金米肩并肩坐在大型零售商的大厅里，面对着一群由父母陪同、从本区赶来、只为见他们的孩子和少男少女们。梅拉妮解说着现场，对到场人数和长长的队列激动不已。金米支着胳膊肘，一脸疲惫不堪。

很多孩子一签好他们的日程手账本或口袋本，就会要求亲亲或是一起自拍。

每次他们抱完之后，金米都会努力不流露厌恶，拿衣袖擦她的脸。这动作真是无尽的悲伤。

另有一天，全家似乎是被邀请去幻想乐园度周末，金米给关在了酒店浴室里。门锁系统卡住了，不得不请工人来帮忙。好几条动态都是关于营救孩子的。但最终也没得出满意答案。孩子一出来，技师就问她是怎么打开的。金米回答不出。"她累了"，母亲说道。

就在金米失踪前几天，梅拉妮记录到一幕骇人的场景。她找遍整座公寓，发现小女儿独自一人待在录像室里。

金米面冲着摄影机，坐在一把椅子上。梅拉妮像往常一样，拿手机边拍摄环境，边凑近过去。

"宝贝,你在这里干什么呢,你知道不能背着爸爸妈妈来工作室吗?"

小姑娘没有回答。

"你也想拍摄吗?"

金米终于点了点头。

"那你想拍什么呢,就这样独自坐在录像室里吗?"

小女孩抽泣了一下才回答说。

"我想和快乐粉丝们说再见。"

"再见?"

"是的,再也不见了。"

金米没有看向镜头,她看着母亲。

下唇颤抖,眼泪在眼眶里,她在等一句答案。

于是梅拉妮翻转镜头,自己面向粉丝:"你们都看到了,小美人逃跑了!金米想告别舞台!"然后,她朝镜头会心地眨了眨眼,还是没有看向自己的女儿,她接下去:"但是你退役还太年轻啦,宝贝,你想想喜爱你的那些快乐粉丝,他们该多伤心呀!"

克拉拉感到一阵可怕的悲伤。她感觉憋闷,又一次中断下来。屏幕上有一副经照片墙滤镜修饰过的布娃娃的面孔——长长的睫毛,粉嫩的皮肤,深蓝色的虹膜——梅拉妮甜梦凝固在播音员式的微笑中。那张嘴看起来更亮了,好像还隐约勾着边。

克拉拉滑开椅子远离画面。

"这女人是谁啊?"她突然大声叫道。

这些图像显示出一种对认可的追求,这一点不该忽视。梅拉妮·克洛希望被看到、关注和喜爱。她的家庭是一件作品,一项成就,而她的孩子们是她自身的某种延伸。她每发一次图像都收获大量的表情,对她衣着、发型和妆容的赞美或许填补了不足与空虚。如今,虚拟的爱心、点赞和鼓掌变成了她生活的理由和动力:某种她不能失去的、投资于情绪与感动的回报。

克拉拉打开工位抽屉,想找点儿储备的糕点或谷物棒。她饿得要死,却不能索性回家。她在纸笔下面翻找着,却只找到一片旧口香糖。她靠近座位,再次审视那张凝固的脸。

又或许梅拉妮·克洛是一个厉害的女经营者。懂得算法运作、媒体互动和必不可少的线上曝光。她不仅成功包装成仙女,还成了女企业家。她组织日程、拍摄、剪辑和联络沟通,提前六个多月安排好家人的出行。没有任何临时因素。金米和沙米每天都在。周末和学校假期用来接受酒店、快餐和游乐园的邀请。这些时刻都成为新视频的主题。还必须分配感情给观众。要发一大堆的爱心飞吻和星星飞吻,给他们共享一切的感觉。分享是一种投资。分享秘密、个性、趣闻,这都是成功的秘诀。自从梅拉妮步入网络以来,浏览量便从未停止攀升。

克拉拉叹了口气,开始收拾东西。
如果她走错了路……她在想梅拉妮·克洛是什么人,但这个问题没有意义。梅拉妮·克洛并不是个案。梅拉妮·克洛只不过和其他人一样。她就像法布里斯·佩罗,像布偶天团家的父母,像费利西蒂家的母亲,像以自己孩子的名义创建频道的数十个成年人一样,在他们之中,展示与过度展示绝不是一家的问题。他们也不是唯一的人。
只需看看各大交流平台就会发现,隐私的概念已在总体上发生了深刻的变化。内外边界早就消失不见。这种围绕自己、围绕自己家庭和日常的展露,以及对点赞的追逐,并不是梅拉妮发明的。这是如今的一种生活方式,存在于世界的方式。三分之一的孩子还没出生就已经有了数字痕迹。英国的一对父母与粉丝分享了几天前去世的儿子的葬礼。美国一个年轻姑娘在拍摄劲爆视频中误杀男友的画面，注定会被争相浏览。而在世界各地，千百个家庭与他们的百万用户分享着日常的点滴。

克拉拉想到第三个假设：这女人既不是受害者，也非刽子手，她属于她的时代。一个上镜早于出生实属常态的时代。照片墙和脸书上每周有多少胎儿的超声波影像被发布出来？儿童、家庭和自拍照片呢，又有多少？假如隐私不只是个过去和过时的观念，假如更糟，假如它只是个错觉呢？克拉拉真是太深有感触了。

不需要露面就能被看见、关注、识别、编目和存档。监控录像、通讯记录、移动和支付轨迹，散落各处的大量数字痕迹已经改变了我们与形象和私密的关系。既然我们都如此可见，又何必躲起来呢，似乎所有人都这样说，或许他们道出的正是真理？

如今，任谁都可以在油管或照片墙上开个账户，面向公开，赢得观众。任谁都可以表演自己，丰富内容，来吸引和取悦用户、网络好友或路过的访客。

如今，任谁都可以假设自己的生活值得他人关注，并取得力证。任谁都可以标榜自己拥有某种个性，属于某个人群……

本质上，油管和照片墙帮所有青少年圆了一个梦：被喜欢，被追捧，拥有粉丝。只要开始，随时都可以获得好处。

梅拉妮是这个时代的女人。只不过如此。为了这种生存，她必须多方考虑浏览量、点赞率和发布的动态数。

克拉拉时常感到悲伤和脱节。这也不是什么新鲜事。然而近几年来，这种感觉愈演愈烈，虽不辛酸，却愈加痛苦。她错过了一步、一个时代、一个人生阶段。她十四岁的时候，人们拿给她看的是《1984》和《华氏451度》，她的成长环境里，大人们会对时代走向大加讨论（不知蕾雅娜和菲利普会对她现在所处的这种生活说什么），深信一切都该被不停地质疑与思考，来自这种世界的她，眼见着列车启程，自己却在车下。她的父母错了。他们以为"老大哥"会是一个外部形象，扮演着必须与之对抗的专制集权力量。但谁说"老大哥"必须这样。"老大哥"张开双臂，欢迎那些渴求爱慕的心灵，每个人都甘愿做着自身的刽子手。私密的边界已经发生了移动。网络禁止裸露胸部或臀部的图像，但为了换取点击、爱心和点赞，人们贴出孩子、家庭，讲述着自己的生活。每个人变身为自身展览的馆长，而展示成为个人成就不可或缺的基本成分。

问题的关键不在于讨论梅拉妮·克洛是什么样的人。问题的关键在于识别出这个时代所容忍、鼓励甚或吹捧着什么。而且她这批人群应当承认自身的不妥、失控，甚至倒退，不可以再向其靠拢，不惊讶也不愤慨。

克拉拉终于关掉电脑。她感觉脖子要断了。
她抓起东西，关上办公室的灯后，离开棱堡。外面空气清新，她走上日常路线。

除她之外，还会有谁把这些视频和动态看到精疲力尽呢？没有。但答案就在于此吗？在不同世界的冲突之间。虚拟世界自有规则和偶像，而她的世界却感觉这些美丽丰富的图像和虚假的快乐只能带来痛苦和悲伤。

她想着金米小姑娘。时刻想着。

几不可察的肢体上的退缩。看到妈妈举着手机进入房间时的那个眼神。那个眼神，在一闪之中，寻找着出路。

无论克拉拉最终决定用哪种形象定义梅拉妮·克洛，有一点是不变的，那就是：没有法律能够阻止她的行为。

金米·迪奥被绑架后第六天,一封新邮件寄送到蓝鱼小区。门卫立刻通知了警队,不到一个小时,信封就被收好并交到了棱堡。

两名侦查员刚刚陪同梅拉妮和她丈夫到达刑侦组。梅拉妮看上去异常苍白,几乎要站不住。她的脸僵硬紧张,没有了几天前的柔和。布吕诺搀着自己妻子。他变得消瘦,更加愁眉苦脸。

面对他们的不幸,克拉拉忘掉了昨日的质疑。被痛苦折磨得疲惫不堪的迪奥夫妇,首先是一个失踪小女孩的父母。

与上次一样,地址的圆珠笔字迹出自孩童之手,邮寄至十区。因为担心梅拉妮会昏倒,塞德里克建议她先坐下来。他戴上乳胶手套,小心地撕开信封,取出一张新的拍立得照片。照片上的金米坐在一张厨房的椅子上。镜头拉得很近,从她身后的白墙什么也判断不出。她直盯着镜头。

那是一种严肃、强烈、不好辨认的目光。

塞德里克随后展开同照片一起寄来的信件内容,大声念道。

> "我买下女儿的自由。"
> 这是你下一个视频的标题。
> 向危难儿童救助协会
> 捐款五十万欧元。

> 在油管声明捐款
> 并张贴转账证明。
> 如果你照做了,
> 七十二小时之内,
> 就释放你女儿。
> 为你的一天做决定的
> 是我。不是照片墙。

信封深处还有一个东西。警队长把手伸进去,取出一颗小小的乳牙。梅拉妮浑身颤抖。她紧紧抓着照片,不肯放手。好不容易才说服她把照片交给鉴定科的同事,以查找绑匪可能留下的痕迹。之前的照片上没有检测出指纹,但机器的型号、品牌和生产年限是可以确定的。

稍后,塞德里克把孩子的父母送到楼下,并尽量宽慰他们:孩子还活着,而且绑匪也终于提出了要求。不管是认真的,还是为拿钱抛出的圈套,都是好消息。应急室会紧急讨论,决定下一步方案。其他侦查员仍会继续他们的工作:日夜监视住所,对十区进行特别巡逻,分析监控录像,核查专线电话留下的每一则证词。

上午 11 点钟,梅拉妮和布吕诺离开了棱堡。这真是漫长的一天。他们穿过隧道,躲避着记者。来到贝尔捷林荫大道时,布吕诺建议梅拉妮稍微走一走再回旅馆房间,但她已经没有力气了。

回到旅馆套间一个小时后,梅拉妮决定泡个澡。她冻僵了,怎么也暖和不起来。

旁边的布吕诺坐立不安,不停地踱来踱去。

从昨天起,他们就只说过几句话。布吕诺一直扶着她到刑警队,到塞德里克·贝尔热的办公室。她本可以靠在他身上,如同这些年来一样,他却没有抱住她。他没有抓着她的手,没有把她拉向自己。

她丈夫,如此忠诚可靠的亲密的丈夫。而她却背叛了他。

从她的位置,能够看到他紧绷的后背和腿,"极度的紧张",她心里想着,不敢靠过去。

昨天,她坦白了一切。她别无选择。

因为侦查员问讯格雷瓜尔·拉龙多后,他一直不停地给她打电话过来。她不知道他怎么搞到她的号码的。第一次还比较幸运,布吕诺没有听到。她悄悄走开,向他解释她所知道的调查进展和干预措施。她严厉禁止格雷瓜尔再打过来。但三小时以后,电话又响了。她从他的嗓音里听出,他不会就此罢休。此前一直尘封的焦虑,再也关不住。他想知道调查细节,一起出力,他不能任由女儿身处危险而坐视一旁。他惊慌失措了。

于是,梅拉妮采纳了克拉拉·鲁塞尔给她的建议(她一再强调,布吕诺早晚会得知格雷瓜尔·拉龙多的证词),决定对丈夫和盘托出。她没有详述细节,但也没有避重就轻,把六年前那个晚上以及多年后格雷瓜尔提出的要求全都讲了出来。布吕诺攥紧拳头,未吭一声地听她说完。她注意到他下巴微颤,正像那天在大街上，他差点儿和一个佯装向梅拉妮吐口水的男人动手一样。

然后他一言不发地站起身，把自己关进屋内。整段时间，梅拉妮都保持坐姿，一动未动地坐在客厅的长沙发上。当布吕诺再次出来时，他双眼通红，用一种她认不出的声音对她讲话。那是一种不容怀疑与争辩的音调。温柔随和的他宣布他的结论。金米是他的女儿，他知道这一点。讨论结束。在他们所经历的噩梦中，他们必须站在一起。没有精力浪费在争吵与过失上。他们还有一场更大的仗要打。

此时布吕诺正望着窗外。她听到他重重的呼吸。比平时重好多。等待浴缸放满水的时间里，梅拉妮打开电视，停在一个全天候资讯频道上。她正装作整理东西，忽然听到母亲的声音。她小心地凑近屏幕。母亲对着话筒，脸上是一副无比担忧的表情。

"是啊，对我女儿女婿来说真是可怕的磨难。他们还在努力坚持，那是当然的，但我们都特别担心小孙女。要是多少知道她被囚禁的环境就好了。您可知道好多孩子被找到时那种状况……警察完全停滞不前，我实话实说。那些个恋童癖可是到处都有啊，先生。真叫人难免胡思乱想。"

机器以略微仰角进行拍摄。她的脸显得特别红。

"您有梅拉妮的消息吗？"

"她在坚持。他们在等待消息，我们也是。这真是太难了……太难了……"

梅拉妮迅速把遥控器对准电视，随后倒在沙发椅上。布吕诺没有动。她失声痛哭起来。自从女儿失踪，她也曾落泪，但每次当泪水要将她彻底吞没，她总还控制得住。有好几次，她感觉来到了不可逆转的倾斜边缘——倒塌或坠落——但她总是设法抵住巨浪和水流，那种拖她沉入深渊的黑暗力量，深渊底部一无所有，她将再无支持，再无援手，她将再也爬不起来。她绝不能到此地步。她必须坚守力量支持下去。一切为了生存。

但这一次，刺激太过强烈。未知的猛烈痉挛鼓起她的胸腔，好像她的整个机体要排出异物或毒素成分，难以忍受的痛苦让她喘不上气来。

一声古老遥远、来自童年或者说来自所有人童年的呜咽，冲喉而出。她从未发出过如此可怕的声音。她从未感到如此孤独。她任凭自己跌倒在地。好像她从自己的身体里流出，而她目睹这个被抛弃的可怜小女孩蜷缩在酒店房间。她为自己感到巨大的痛苦。她配不上这一切。

几分钟以后，布吕诺离开窗户。他凑近她，帮她重新坐起，把她抱在怀里。

"如果我没理解错的话,一个六岁女童在光天化日下被一个变态绑架,犯人拔掉她的指甲和牙齿寄给孩子母亲,而六天以后,我们仍像白痴一样团团转。"

利昂内尔·泰里素以自成一派的概括能力著称。有碍于目前气氛,纠正他是颇有风险的。

塞德里克·贝尔热直接讲话。

"梅拉妮·克洛告诉我们,金米下面的两颗牙在失踪前几天已经松动。经马丁医生确认,信封里发现的牙是右下门齿,确切地说,是四十一牙位。很可能它只是自然脱落,孩子们通常在这个年纪换乳牙。"

"这是情报。"

克拉拉开始发言。

"可能不是一处细节。绑匪寄来了一颗牙,没说是拔下来的。他只向我们证明手里有孩子。照片上的金米穿着合身的短裤和长袖衫,但并不是失踪当日的那身。再近看些会发现,这些衣服不是新的。所以绑匪拥有曾经穿过的合身衣物,或者是从旧衣店现买来的。他还费心给小家伙换了一件干净衣服,可见这对他来说并不是无所谓的。"

利昂内尔·泰里愿赌服输。

"的确。那辆见鬼的车呢,我们还是一无所知吗?"

塞德里克继续说道。

"有一辆扭转舞,一辆克利俄,也有目击者说可能是标致206……不是什么罕见型号。我要重申,获准在该车场停车的人里，没有人正式拥有一辆红车，而且也没有人向外人出借过他们的出入卡。至于取得过权限的前业主和租户，以及离职的管理员们，这份名单是没有的。他们销毁或是遗失了这些人的部分档案。"

没有人说话。克拉拉犹豫了一下，接过话题。

"绑匪想必看过很多电视，才能想到在给母亲（不是父母俩）寄信时戴上手套。讯息里提到的频道指的是油管。他是手写信件，并通过邮政寄来的。在当今这个任何店都能买到一次性电话和预付费手机卡的时代，他多少有一点老派，这至少没有让我感到反感。此外，绑匪没有为自己索要赎金，而是提出一个慈善理由。我们当然可以合理怀疑，这还有待验证。他要求梅拉妮·克洛掏出五十万付给一家成立了二十年的协会：危难儿童。这可能是一条讯息。对我来说这以再明确不过的方式，清晰指向了快乐小憩。因为当绑匪写道'为你的一天做决定的是我，不是照片墙'时，很有可能是指频道上爆火的视频'照片墙为我们的生活做决定'。"

她停顿片刻，犹豫着要不要继续。利昂内尔·泰里做手势鼓励她。

"我来解释一下。差不多每月一次，梅拉妮·克洛会全天向订阅用户发起投票。由他们来决定一切：比如金米和沙米早餐要吃哪种麦片，看哪个卡通，穿哪件服装。她在照片墙的账户上面提问，几分钟后得到结果。然后这一整天的内容将作为新视频的素材，经编辑修饰后，发布到油管上。梅拉妮·克洛没创造任何东西。只是今天，为她的一天做出决定的不是粉丝，而是绑架她女儿的绑匪……他要她开出巨额支票。"

利昂内尔·泰里严肃地听着。塞德里克·贝尔热接过去说。

"该协会是非盈利机构，很难想象它与绑匪之间有何关联。尽管如此，主席、会计和秘书长还是会在今天内接受问讯。显然孩子的父母想要支付赎金。我说服他们等等,我一会儿会再见布吕诺·迪奥。他似乎心意已决,也明白我们的想法。"

利昂内尔·泰里清清嗓子。

"我猜他们有钱?"

"是。款项很快就能备齐。"

利昂内尔·泰里想了一下才表态。

"好吧,这一切确实不像职业绑匪的手笔。尤其现在,甚至透出一丝骗局的意味,只不过孩子的的确确已失踪了整整六天。所以我必须提醒你们一件事:业余不代表不变态。临时起意未必就不残忍。所以我们不能掉以轻心。不确定协会合法并且同意在父母提出要求时会归还钱款,我们绝不可贸然推进。然后必要时,可以做出退让的姿态。一旦小姑娘被释放,仍有时间考虑如何沟通我们的策略。但首先,必须逼这家伙从幕后现身。"

夜幕刚刚降临，梅拉妮再次阅读支持和充满爱意的评论，自从发布第一条视频和媒体确认女儿失踪以来，她的账户一直持续不断地收到这样的鼓励。她的亲们没有忘记她。只要知道他们还在，在她身边，就是一种莫大的安慰。数十位妈妈已经表示要做饭给她、愿意照顾沙米、家里欢迎他们随时去住。数十个孩子表达了他们的难过和担心，附上鲜花、各色桃心和可爱的表情符号。

她创建了一个社群。这不光是字面上的意思。它是货真价实的。这里是以她为震中的地方。在这个严酷粗暴的世界，"这意味着很多"，金姆·卡戴珊曾在她的照片墙账户上这样说过，她说得真对。自从梅拉妮与她的用户们互动的第一天起，她就称他们为"亲们"。因为她想让他们知道她的爱。因为她珍视他们。

他们带给她这么多。

所有的一切。

她的"亲们"太多，她没法一一辨认他们。她的"亲们"构成一个庞大而虚拟的家庭。大家和睦友善，涵盖了各个年龄段。她喜爱这种要去取悦、令观众开心满意的氛围。她喜爱这种即时的奖励，温暖热情，她每次出现，他们都毫不吝惜地给予。她需要他们的关注。他们的赞美。他们让她觉得她是一个独特的人。她值得被关注。这没什么可耻的。

她发疯似的想她的女儿。记忆中她娇小的身体依偎在她怀里，而她用双手抱着她，这简直让人无法忍受。她漂亮的金米。乖僻而独立。她不像小女孩时的梅拉妮。她不像梅拉妮所认识的任何小女孩。

当然，有时也会闹别扭、哭鼻子。金米这段时间心情不好。不愿意拍一些视频，不是因为她不喜欢，而是因为班上的一些孩子会嘲笑她。舍瓦利耶夫人已经找她去谈话。女老师问了她一些拍摄上的问题，具体怎么做的，什么时候，多久一次，她全都要知道……快乐小憩每周占用多少时间，还剩多少时间留给玩耍和苦恼。"苦恼？他们根本就不苦恼啊！"梅拉妮斩钉截铁地答道。快乐小憩就是他们的生活本身。这女人根本不懂得这些。舍瓦利耶夫人说金米开始明白一些事情，尤其是视频会被很多人观看，而这些人她都不认识。据老师说，这引起了孩子的不安。她发现金米疲惫不堪，甚至有点儿沮丧。"这女人疯了"，梅拉妮心想。这女人根本不知道自己在说什么，她凭借的印象完全出自偏见，根本站不住脚。但老师还在继续。她说当其他孩子提到快乐小憩时，金米就会在院子里捂住耳朵。一些大孩子叫她脏宝宝或者假娃娃。有一天，金米被一个高年级的男生弄哭了，那恶毒的话估计是从父母那儿照搬过来的，他对她说："你母亲就该被告上儿童法庭。"

在这次会面中，梅拉妮礼貌地听完女教师的叙述，然后毫不留情地指出：她的孩子绝不该成为这种恶意中伤的对象。她注册私立学校就是为了避免这种麻烦，假如金米或沙米被人——出于纯粹的嫉妒——捉弄或取笑，当然该由教员和管理层来采取措施。

她这么回答舍瓦利耶夫人，态度很是坚决。

在接下来的几周里，金米越来越抗拒拍视频，梅拉妮甚至怀疑这女教员是不是给女儿灌输了什么怪想法。金米的一切表现都不尽如人意。她忘记台词，不听指令，假装听不懂。最难搞的是要她穿的衣服。六岁的女儿拒绝穿半裙、连衣裙、紧身裤，或者不如说，拒绝一切女性化的服饰。她不要再听到粉红色、蕾丝边和荷叶褶。这把梅拉妮气得够呛，尤其是在《冰雪奇缘2》上映前期，她刚与迪士尼签订了一份重要合同。品牌商提供了一系列扮装衣饰、玩具和衍生品，需要在频道和网络上提前展示。金米根本不穿艾莎女王的裙子和披风，梅拉妮只得自己穿戴上王冠、耳环和缎面手套。

更不要说金米独自关在酒店浴室里的那天。这种歪点子绝不是孩子能想出来的。必然是别人教的。那个老师。她打击报复。那女人嫉妒她的成功、她的衣服，还有她的生活。明摆着的。看看接孩子时，她瞧梅拉妮的那副尊容。那皮笑肉不笑的样子。那优越感。她有什么可得意的？

梅拉妮差点就要约女校长面谈，告发这位老师，结果被布吕诺劝住了。这未免小题大做，而且梅拉妮没有证据。她认可丈夫的理由。布吕诺没那么情绪化，不像她那么冲动。他最终安抚住了她。

她不禁回想起那些冲突的时刻，这些记忆令她心碎。但她不能把自己交给消极想法，还有那些试图伤害他们的流言。她必须像往常一样，始终做个强人。

布吕诺在等刑警队同意，好按要求给协会的账户上打款。钱不是问题。需要的话，她甚至能够加倍支付。

当太阳开始西斜，梅拉妮打开窗帘看向街道。观看人们行走，说话，来来往往，这使她平静了一些。突然，她想到她还没有感谢她的亲们发来那么多消息。好几天来她都没有回复。一次都没有。她不能这样对待他们，不发进展，连一句话都没有。

她抓起手机写道：

"感谢所有人向我们表达的支持和这份爱意。你们是我们黑夜中的星，是我们苦苦煎熬前的地平线。"

她加了十来个祈祷的表情，两手相连指向上方，最后一个表情是眼中有星。

几秒钟后，第一批爱心和第一批亲吻的表情出现了。到几分钟时，她已经收获了七百一十八个赞。

她笑了。

很长一段时间，克拉拉都在思考人是否能既做警察，同时又过正常人生活。如果问她能否想象自己过上一种正常生活的话，那么答案是否定的。事实上，她过着警察的生活，住在警察的住所里，和一帮警察朋友，进行警察式对话，提警察式问题。另外，大部分警察都内部消化各自的婚姻大事，但她没有，她已经任凭自己生命中的那个警察离开了。

这是她在那些蓝色的夜晚得出的结论，名称得益于母亲在她孩童时的指教，因为她总是强行要她区分那些渐变——以最浅至最深的蓝色，对应从一到十的痛苦级别——所以，她大学以来的好友克洛艾不能出来喝一杯的夜晚，就是蓝色的夜晚。而其他日子，克拉拉对她存在的要求则相对宽容一些。

这一夜，她很想告诉自己事情正在好转。金米·迪奥还活着，而且似乎没受虐待。危难儿童取得有众多私人和公共合作伙伴的认可，需用手续一应俱全。日间已经排除了协会或协会中成员参与金米·迪奥绑架案的可能性。协会主席表示会听从警队指挥，包括必要时归还钱款。转账是在晚间完成的，塞德里克·贝尔热说服迪奥一家等到第二天早上再发布凭证。

警队中没有人真正相信这种说法。谁会甘愿绑架囚禁一个孩子，却让公益协会得了好处呢？刻意误导，放烟雾弹来增加指令次数，以延长享乐时间，这种情况也是有的。

克拉拉则忍不住想到，这首先就终止了梅拉妮·克洛一手建构出的全部体系。

事实上，几天以来，金米和沙米再没欣喜若狂地打开包装，不再尖叫着测试薯片和汽水，没有在超市里见啥买啥或疯狂地订购一周也吃不完的汉堡。

事实上，他们的母亲已经停止每小时对千万陌生人汇报他们的日常了。

有人叫停。于是机器停下了。

晚9点钟，克拉拉正准备给托马写信，这时她收到塞德里克的一条消息，叫她赶紧打开电视。法国电视二台正在重播一则有关油管童星的报道。她调到频道后在长沙发上坐好。

从孩子身高来看，这应该是几年前的节目。内容是好几家频道，但主要围绕快乐小憩。金米和沙米大约一个四岁一个六岁。女记者和摄像师跟随他们来到一个大型商业中心，几百个孩子等在那里。金米穿着粉红色的衣服，像个可爱布娃娃一样走在哥哥身边，非常小心地配合哥哥的步伐。沙米则像个小小保镖一样，从未让妹妹离开自己的视线。画面展示着他们到达见面会现场，掌声雷动，接下来是持续数小时的签字和排队合影环节。整个过程中，梅拉妮都在照看和控场，她把握着队列和次序，留意着小朋友们，并确保没有人逗留太久、超过限制时长。

离场前，她接受了简短采访。是的，当然，她为他们的成功感到欣喜，尤其要感谢快乐粉丝们的热情和忠诚。记者问她是否知道有些人，其中不乏年轻人，不能接受孩子如此抛头露面。梅拉妮悲伤地摇摇头，一脸不解，然后她以稳重温柔的语调作答。她是一位母亲，她很清楚什么对自己的孩子好，什么不好。何况这是她的孩子，她特别指出，尤其强调了这个身份。她的孩子这个样子很开心。记者随后转向孩子，询问他们的感想。金米的声音很慢,就像远程遥控的娃娃电池快要没电一样,她解释说能让快乐粉丝们开心很棒,她愿意"看到他们眼中的幸福"。沙米则要更为自信,他肯定地说,这就是他的梦想,而且他希望以此为职业。

梅拉妮容光焕发地补充:"这可是他们自己的话,咱还能说什么呢?"

她带着灿烂欣慰的笑容总结道:"您知道,在我们家,孩子就是国王。"

金米·迪奥失踪后第八天早上,克拉拉成为了最早一批来到棱堡的人。她5点钟就醒了,怎么也没法再睡着。一种怪异的焦躁把她从床上赶了下来。她穿过安检,走向电梯。玻璃窗后面的接待员打着手势叫她过去。

"有位夫人来了不久,她要见你们那儿的人。"

克拉拉看向在这个钟点一向空旷的接待室。她看到有一个与自己年龄相仿的女人正等在四号隔间里,对方面容疲惫,身穿浅色雨衣。

她走过去。然后她的眼睛停在了坐在那女人旁边的孩子身上。

小女孩抬起头,她们四目相对。

她的脉搏骤然加速,她感到心脏在胸膛里怦怦直跳。

这些天来她看了太多她的画面,以至于她觉得自己认识这女孩。

刑警队案卷—2019年

女童金米·迪奥诱拐囚禁案

内容：

埃莉斯·法瓦尔询问笔录。

由巴黎刑警队司法警官克拉拉·鲁塞尔和巴黎刑警队警长塞德里克·贝尔热，记录于2019年11月18日。

陈述事实：

埃莉斯·法瓦尔陪同于2019年11月10日失踪的儿童金米·迪奥，于2019年11月18日主动来到刑警队。未至问讯，她已向司法警官克拉拉·鲁塞尔坦白，她就是金米·迪奥诱拐及囚禁一案的主使，孩子正是在她家度过了最近的七天。

该人身份：

我叫埃莉斯·伊雷娜·法瓦尔。

我于1985年9月10日出生于叙雷讷。

我住在巴黎十区拉法耶特街209号。

我离婚了，有一个出生于2013年的六岁儿子。

我是一名医务秘书，但已经一年没工作过了。

(摘要)

我在婚后不久和诺贝尔·S一起住进了蓝鱼小区。我伴侣为一家安保公司工作，负责招聘和管理团队。我儿子伊利昂几个月大时，我认识了梅拉妮·克洛。我们在同一周分娩，我经常在小区遇到她推着童车或绑着婴儿背带。那是梅拉妮的第二胎。她很熟悉城市，给了我不少关于儿科和幼儿园注册的建议……伊利昂出生以后，我恢复兼职工作，在安东尼医学心理中心做秘书。我们成为好友，一起去公园，或是相约在城里见面，一起买点儿东西。梅拉妮这人非常热情。有时我觉得她有点儿悲伤情绪，我想可能因为没有工作，所以她才容易烦恼。金米和我儿子从小就成为了好朋友。她喜欢玩小汽车、电路线和兵人玩具。她身上一直有"假小子"的一面，她母亲却不太喜欢。有好几个月我们经常见面。梅拉妮有事时我帮她看孩子。伊利昂也很喜欢去她家玩。(……)

2015年，我丈夫离开了我。他为一个工作机会搬去马赛生活。我觉得他主要是在我之前就意识到了伊利昂的问题。几乎前后脚的事，梅拉妮开始了她和金米在油管上的动作。她没和我提过，我是当事情有一点儿起色时听邻居说的。这立刻成了小区里的头号话题。我那时不太会用电脑，网上的事情我也不感兴趣。为了拍摄和剪辑的事，梅拉妮开始变得很忙，有时她不得不去巴黎和一些品牌商、代理商见面时，她会托我照看孩子。对我来说这没什么麻烦的。小女孩能说会道，活泼逗人。金米和伊利昂年龄相同，可我明显看到他们在发育上的不同速度。一开始我没太在意，因为在我工作的中心能见到很多孩子，我看到他们之间的普遍差异。我一周工作三天，那时则由我母亲照顾伊利昂。我最终请来医学心理中心的儿童精神科女医生想给他做检查。这时我儿子已经两岁半了。她极其小心地向我解释伊利昂可能有严重的发育滞后,还需要进一步检查。我儿子是个残障人,这就是我必须去适应的词。当我向梅拉妮倾诉时,她真是非常有同情心。她试着安慰我,对我说不要放弃希望。医学可以进步,而伊利昂又是那么温柔宽厚的孩子,这已经非常珍贵。的确如此。我儿子是巨大的欢乐源泉。然而金米和伊利昂却渐渐地不在一起玩了。总有很好的理由。女儿累了,要拍新视频,带她去理发店,试穿新衣服……正是在那时起,快乐小憩真正起飞了。梅拉妮一心扑在上面。我觉得她已然置身另一个世界。她时不时拿给我玩具,越积越多,还有衣服,但她总是来去匆匆……我们偶尔相遇,就完了。这伤我很深,我说真的。我以为我们是朋友。伊利昂三岁时,我给他找了一所特殊学校。几个月后,为了离那里更近些,我搬走了。我没保留多少联系。残障是可怕的,它使人疏远。只有萨布兰太太,我每年还会去她家一两次,喝一杯茶。她退休了,一直都对我们很好。(……)

11月10日,萨布兰太太邀请我去她家喝茶,我对她说我带伊利昂一起去。到头来却刚好相反,改成她来我家,但因为她没有车,操作就略略复杂。我很喜欢偶尔回到蓝鱼。我对曾经的那段时光还是挺怀念的,那时伊利昂才几个月大,一切都那么简单。我去接萨布兰太太时总是把车停在车场。我搬走时忘记归还出入卡,最终也就留着了。垃圾房门口有个小角落,刚好能容纳一辆小型车,也不会妨碍人进出。我不是第一个停在那里的人,一两个小时总不成问题。(……)

正在停车的时候我看到金米从那里出来。伊利昂已在来时睡着了。小女孩马上认出了我。我打开车窗想看看她在那里做什么,她问我能不能躲进车里。我说可以,并下车去为她打开了后门。找到这么好的躲藏处她很兴奋,立刻无声地钻到前后排座椅之间。她看到睡着的伊利昂，问我能不能给她盖一件衣服增大隐蔽性。她一点儿没变，还是那么活泼。我把大衣拿给她，她马上把自己严严实实地罩了起来。几秒钟以后，她已经完全缩成一团，从外面根本看不到她。(……)

不，我说了，我不是为这事去的。我从没看过梅拉妮那些说孩子们在外面的动态。我来萨布兰太太家，事情就像我讲的这么发生了。我没多想。(……)

我说不清过了多久。现在想不起来。也许两分钟吧。然后我转动钥匙打火。车子发动后我对金米说："咱们还能藏得更彻底一点儿，你瞧着。别乱动啊。"我挂上倒挡，驾驶汽车开了出去。我不紧不慢，大脑里空空如也。我听到她在后面乐了出来，为赢过哥哥和小伙伴一局开心不已。开出停车场后，我一时犹豫。我也不知道去哪儿啊。

我没对自己说"我挟持了小孩"或者"你这是在干什么啊"。没有。就挺奇怪的。我脑子一片空白，同时又感觉冥冥之中遵从着什么。我最终选了一条常走的路。我记得和金米在车里的对话，她问我伊利昂的老师好不好，学校里是不是有很多小伙伴。伊利昂在途中醒过来，他见到她开心得不得了！看到他认出她来，我感觉心里暖暖的。我把车停在家附近的街边。我没试图遮掩金米，我们就这么静悄悄地回家了。没有遇到任何邻居。我打电话给萨布兰太太，为没能赶去致歉，编了个最后一刻被耽搁的理由。

那天晚上晚些时候，我告诉金米我给她妈妈打了电话，她托我照顾她一下，因为她不得不去旺代。我不想让她担心。她似乎觉得这很正常，只是问我，梅拉妮是不是为她不能拍视频而生气。我向她保证：妈妈使劲亲吻她，妈妈很在意她。(……)

前几天她一直在睡觉。她早上醒来，下午就又睡着了。我担心她会不会病了，但她没什么症状。孩子俩一个星期没有出屋，他们玩各种游戏。伊利昂喜欢绘画，金米也是。他们一起画了一大幅画，上面有各种颜色的鱼、章鱼和海藻。我给楼下的杂货铺打了两三次电话订购，然后下楼去取货。我只离开过两个孩子几分钟，我推说伊利昂生病了。街区里的人都认识我们家。(……)

几周前伊利昂曾夹到了手指。指甲全变黑了，金米来的时候正好掉下来。我曾在电视上的犯罪剧里看过，知道指甲里不含 DNA。是盖在它上面薄薄的一层细胞和血迹里才有。我把伊利昂的指甲在漂白液里浸了一夜之后，又把它擦干。然后我连同拍立得照片一起投入信封。在此之前，我没想过。在那之后，我没去想。我任由自己行动下去……我感到有很大危险，但停不下来。(……)

那些信，是，是我写的。我只要金米抄了地址，骗她要把图画寄给她父母看。这太可笑了。我没法解释。我不知道我是不是想伤害梅拉妮。也许是。我特别想要她去做那些她一点儿都不愿做的事。我想要她知道那是什么感觉。

两封信我是在街角的邮筒中寄出的。我有意在孩子俩面前从没打开电视或广播。(……)

是的，我收看快乐小憩的视频和梅拉妮·克洛在照片墙上的账户。一开始我只想看看孩子们变成什么样，想知道他们和梅拉妮的近况。后来，我渐渐迷失了。这既叫人着迷又让人害怕。我在不想这么做的同时，又忍不住。这很难解释。最近几周来，我看到金米真的是受够了，她不想再继续。我再也看不下去了。她躲避镜头，而当她注视镜头时，我感到她在向我呼救。她叫我去接她。我好几次都有这种想法。我对自己说你魔怔了。但每一次，这种想法都困扰我整整一天，让我感觉非常不好。我感觉自己就像那些移开目光、继续走路的人一样，假装看不到眼前有个小孩正在承受痛苦。既然我感受到了她的难过，什么都不做就非常有负罪感。(……)

当我感到她休息过来时，我不知接下来该做什么好。我想要一个征兆……一个标示。我上网搜索。危难儿童救助协会关注所有形式的虐待，即使是不那么明显的虐待。他们的主页上是这样写的。就是这个。不再需要其他理由。我寄出第二封信。从没考虑它起不起作用。(……)

我不觉得金米认为自己被囚禁了。她有要过哥哥或爸爸妈妈，但每次我都感觉到自己能够安抚住她。除了昨晚。昨天晚上，她意识到有什么东西不对劲了。她开始害怕起来。这就像……一阵过电。突然，我才惊觉金米已经在我家待了一个星期，而我……是唯一知情的人……我这才恢复意识，好像……这才回到了真实世界中。我慌了神。

于是今天早上，我把伊利昂送到我母亲家，连同一个装满了他所有东西的包裹。她问我发生了什么事，我一言不发地离开。我害怕自己支持不住。我爬上我的车，就直接过来了。我精疲力尽了。(……)

我是想帮助金米的。给她提供片刻的平静和自由。这……就像我和您说的一样。我没有好好想过。今天早上，我意识到这一切都没有用。什么都不会改变。我不知道您是否能够理解。事实上，当我看着那些图像，我为孩子们感到忧心。

2031 年

人们设想在有生之年内,会出现一些根本无法想象却在将来习以为常的东西,时间之短暂,恰如人们适应手机、电脑、平板和全球定位系统所花费的那样。

——安妮·埃尔诺,《悠悠岁月》

圣地亚哥·瓦尔多是一名长期隶属于弗洛伊德动机学派的精神病专家和精神分析师,他自我介绍时总补充说,自己是一个濒危物种。他一半时间在医院工作,另一半时间,在自由活动和撰写面向公众的小品文或学术论文间分配。他以研究数字革命对焦虑症的影响而闻名,尤其撰写了两本相关著作:《长期暴露》和《网络暴力》。多年来,他挣脱一切阻碍,专注于自己的研究,在不背弃精神分析的主旨下,将神经系统科学方面的成果成功整合进来。

2031 年 5 月的一天,圣地亚哥·瓦尔多正准备回家时,他的手表震动起来,显示一个未知号码。他犹豫了一下,随后接通电话。声音从连接的扬声器传出:一位年轻男子首先确认自己拨对了号码。随后,仿佛所说之话根本与自己无关,这男子以一种剥离了情感的语调说道:"我叫沙米·迪奥,我需要帮助。"

圣地亚哥·瓦尔多在心中重复"沙米·迪奥"这个名字,它激活了某段模糊的记忆,但一时间难以从他那大约有些衰退的记忆中准确提取,它与一位知名女性相联系。

"您有介绍人吗?"

"圣安娜医院的一位实习女大夫给了我您的联系方式。"

"您住院了吗?"

"没有。但我在急诊看到她,她建议我打给您。"

对方声音非常年轻。升降调一再出现奇怪的错误(好像男孩正在背诵,或是照着眼前的一张纸条朗读一样),以至于圣地亚哥怀疑这是不是什么恶作剧。他的联系方式网上就可以找到,过去也不是没因此遭遇过恶意的玩笑。

"我现在不接新病人，"他道歉说，"但我可以为您推荐医生。"

年轻男子似乎惊慌起来，嗓音一阵拔高。

"不不不，得是您，您！我求求您……"

这一回，圣地亚哥·瓦尔多瞟了一眼他的电子日程，每当他接听工作线路上打来的电话时，日程本就会自动在屏幕上打开。

"这样吧。我建议您明晚8点钟来我的诊室，我们先谈谈。了解后我会帮您转介我的一位同事。最重要的是让您寻求到帮助，是不是？"

"但我不能出门。"

"您不能离开家？"

"不能。再也不能。完全不能。"

"为什么呢？"

"到处都是……街上还有商店、出租车里。到处都是。"

"您是在说什么人吗，迪奥先生？"

"摄像机。隐藏的，但我知道有。随时都在拍我，不管我做什么。他们先侵入我家附近所有的监控系统，现在又在我会去的各个场所藏好了他们自己的系统。一旦他们找不到我，就派无人机。"

圣地亚哥听着男孩的喘息，他觉得对方是在用嘴呼吸的。这或许表示他已经在接受治疗。

"那么……您为什么会被拍的呢？"

"他们卖影像。"

"懂了。那在您看来，这事持续多久了？"

"我说不好。一开始，他们派人来，带着隐藏相机。一开始我没立刻发现，就持续了有那么一阵。当我反应过来，他们一定已经开发了新方法，更隐蔽的。"

"所以您就不再到处去了吗?"

"对。"

有点儿犹豫不决啊,很想结束对话(骗术有些太明显了),但又怕错过真正的求助,圣地亚哥·瓦尔多再次沉默了一下。

他听着青年不安的呼吸声,最终再次开口。

"那您怎么维持生活呢?"

"我网购。叫送货员把袋子放在我门口,等他走了再开门。"

"您多大了,迪奥先生?"

"二十。"

"有什么人和您一起吗?父母,兄弟姐妹,朋友?"

"没有。虽然有母亲在,但……算了。"

"您从什么时候起就不出门了?"

"我记不得……三个月吧。或者是四个月。"

"您四个月没有踏出过家门?"

"对。"

"也没有人来看您?"

年轻人突然失去了耐心。

"您根本不明白!我必须防着所有人,商贩、出租车司机,还有我朋友,没有一个地方是安全的!他们把相机植入我亲人的眼睛来拍摄我!"

"迪奥先生,我们完全可以让医生或护士带您去医院。那里是安全的。我们可以禁止访客并确保您始终受到保护。"

"不不不!他们会过去的!他们会派人去!"

这一次,圣地亚哥听出了他言语中的害怕。甚至恐惧。

"您说的他们,是谁?"

沙米·迪奥犹豫了一下才答道。

"这正是我要找出的。我要知道这些图像流到哪儿去。他们卖给谁,您懂吗?但不管怎样,价格肯定很高。非常高……"

"沙米，我能叫您沙米吗？"

"可以。"

"您知道我是做什么的吗？"

"知道。"

"既然您打给我，或者表示您自己也明白，您不能完全确定真的有人在拍摄您？"

"有。我知道有。我打给您是因为圣安娜的实习大夫对我说您是数字网络方面的专家。所以我才想着您或许能帮我找出谁在幕后策划。"

"沙米，我是一名精神病专家。事实上，我专攻的方向是与社交网络、虚拟现实和人工智能发展相关的病理学研究。但我是一名医生。所以，我的建议是：我去您家，确认您的居住条件良好，不会对您造成危险。然后，我们再来一起决定如何帮助您。您说好吗？"

男孩的松口令他欣慰。

"好的，医生，谢谢您。但千万不要跟任何人说您会过来。"

圣地亚哥·瓦尔多没有记住对话的天赋。他很遗憾，他很愿意能把交流内容重听一遍。他喜欢从他病人的言语、联想和音调中反推成因。猜测它们的来源。对如今的大多数人来说，这些都来自电子游戏和电视剧集。他一般会请他们同意让他留下会话的记录。但有时，他也会省去这种事先知会而直接录音，虽然这有悖职业伦理。

天已经晚了。他要按时回家和爱人共进晚餐，还要阅读一位女学生给他发来的有关大脑可塑性的论文，那是他最感兴趣的课题。于是他准备离开办公室，并呼唤私人助理"雅科·勒卡库"，这个昵称是为致敬雅克·拉康。

"嗨，雅科……"

合成语音立刻响应。

"是，圣地亚哥，你需要我做什么？"

一如既往和气而略微讨好的腔调令他有些恼火。此时他们完全可以有多种作答方式……他很想对它说"滚蛋吧你！"——虽然他非常认可语音助手的好处，尤其当他两手都占用在其他工作上（忙着整理桌面上成堆的文件）或是一心多用的时候（这是他已经放弃治疗的太过博爱的缺点）——但他忍住了。在他意欲测试机器底线的那会儿，他曾和雅科进行过成堆荒谬贫瘠的对话，而他知道语音是拒绝回应侮辱的。

"沙米·迪奥是什么人？"

程序开始运转，不到两秒钟的工夫，查找结果显示在屏幕上。雅科以柔美博识的嗓音播报出最佳答案：

"沙米·迪奥是一名油管人。出生于2011年，因其母梅拉妮·克洛创建的快乐小憩频道而出名。从2016年至2023年，该频道在油管平台上发布了超过一千五百条视频。据不同媒体估计，该家庭的收入约在两千万欧元左右。

"2019年，沙米的妹妹，当时只有六岁的金米，被埃莉斯·法瓦尔诱拐。在七天的紧张调查之后，女绑匪带女孩主动前往刑警队投案。

"在2019至2020年间，快乐小憩频道的订阅人数从五百万增加到七百万。

"考虑到即将推行的油管儿童商业利用法，迪奥一家又以每个孩子的名字注册了新频道。沙米·迪奥拥有的快乐小沙频道立刻大获成功。仅几个月时间，小沙在照片墙的官方账户就收获了一百万用户。

"2020年10月19日，议会最终通过了对网红儿童活动进行监管的法律。但快乐小憩和快乐小沙仍然继续他们不变的节奏。

"沙米在自己频道上专门进行游戏测试。

"2023 年,《世界报》主导的一项调查揭示了网红儿童父母为规避法律约束而采取的各项策略和财务手段。

"2029 年,十八岁的沙米一言不发地消失了。他停止更新油管频道和相关的社交账户。从那天起,他再没出现,也不曾出现在他母亲的任何视频中。很多记者都在试图找出这种突然消失背后的原因,但都没有成功。

"尽管如此,油管上所有快乐小憩和快乐小沙的视频仍然可以观看,并持续产生流量和收入。"

"谢谢你,雅科。"圣地亚哥说。
"不用谢,圣地亚哥。很高兴能够为你服务。"
"说得是……"

圣地亚哥一边整理文件一边对自己重复着这一姓氏:迪奥……对呀,当然了……这案子引发过一阵热议。他一位医院的女同行也曾去为那名女绑匪埃莉斯·法瓦尔做过专业鉴定。他记得,这个年轻女子并未表现出精神障碍。多次评估后,尽管有一些人格解体的迹象,她仍被认定为对所做行为负有刑事责任。事实上,她在未获得看护令的情况下在狱中至少待了两年。

当他关掉诊室的灯时,细节一点点地浮现起来:那名年轻女子想要解救那个小女孩。某种穿衬裙的堂吉诃德大战金钱风车的故事。整整几个星期,关于网红儿童和他们父母责任的讨论在媒体上铺天盖地。出于时间上的巧合,那项法律也刚好在该事件不久以后投票通过。然后,一如既往地,人们失去了对这件事的关注。

圣地亚哥撞上诊所的门。当电梯发着高音抵达时,自动门锁系统在他身后咔嗒一声咬合上。

克拉拉·鲁塞尔四十五岁了。她仍然独自生活，没有子女。在资源枯竭和连接设备激增的矛盾背景下，她的生活，表面看来并无太大改变。但她觉得这种背景正在经历缓慢而必要的转变。对她调查案件中从未缺少的野蛮行径，她始终反对以严苛纪律全力换来的情感距离。她的苦行风格越来越明显：她喜欢喝上几杯，但吃得很少，除了母亲的一些首饰外她就没什么东西，这里面有一块老的厉溥表是她一直带在身边的。她向往一种轻装的负荷，甚至是匮乏，她也不害怕退缩：那是她逃避暴力和痛苦的方式。她这样保护自己。或者说她以为在保护。

她维持的关系一只手的手指就可以数过来。克洛艾，法学家出身的闺蜜，同时也是两个小男孩的母亲，克拉拉经常照顾他们，他们也喜欢她。她的邻居，认识了十五年的两对警察夫妇，几乎每周都会邀请她一起晚餐。他们喜欢拿这位单身朋友的魅力和她的情感生活说事，觉得她好像永远停留在了青春年少，连他们的孩子都把她当成自己的一员。

她比以往任何时候都觉得自己在为一种至高的理由服务，她小心地不去定义那个名字。不是上帝也不是主子，而是一条路。不可否认的东西，她血液里属于自己的东西。如果说她偶尔因怀旧情结而陷入胡思乱想的话，她也从没后悔过。她始终处于她应该在的位置。

她在棱堡一直担任着女诉讼人的职能，隶属拉塞尔班组核心。按照传统，各组均以领头人的姓氏命名，而塞德里克·贝尔热已于几年前离开刑侦组，去未成年人保护部门任牵头人，并在那里开创他的事业。他的欢送会至今留名史册，不仅因为次日清点的空酒瓶数量之多，更因为他在告别讲话中对克拉拉的用词简直堪称赞美界的楷模。司法警界中极少听到比这更职业的爱情宣言。塞德里克走后，克拉拉获得了晋升副组长的机会，但她拒绝了。她喜欢的是诉讼方面的扩充和复杂性。她喜欢培养新人，其他班组里跑来向她请教的诉讼人也不在少数。除了她必须同行的犯罪现场勘查和尸检以外，她在办公室度过大部分时间，用于填报文件和申请，编目案卷和报告，记录或重读证词。在诉讼工作中，证词部分始终是她最大的阵地。专注于消除歧义和模糊表达，使记录尽可能地贴近事实，这才是她最看重的、也是她最想传达的东西。

每隔一段时间，当她厌倦了文书工作（尽管文件和档案已经完全数字化，而且新软件还在层出不穷），她就出门散心。几年前，在一次理应没有危险——因此也没有增援——的问讯任务中，克拉拉和两名同事掉进了对方的陷阱。她一动不动地站了好几分钟，被一只陌生的手臂揽住脖子，手枪指着太阳穴。她记得自己感觉到心跳变慢，就好像在血流急剧减少的作用下，她的整个身体全都集中到生命功能上去了。声音、话语、手势，她周围的一切仿佛都来自一个遥远、绵软的世界，再也快不起来。她没有害怕。她的一位同事伤了腿，另一名伤了肩，她也带着颈部的扭伤和多处瘀伤脱险。两名嫌犯最终逃走。两天以后才在高速公路的休息区抓到他们。

从医院回来后，克拉拉回顾那一段既不真实又铭刻在心的暂停时刻，寻找这件事给她留下的痕迹。几名持枪男子在她面前开火，其中一人甚至用武器对着她的头，但她一点儿也没害怕。她并没因此感到骄傲。这不是什么正常事。那天晚上，一个海蓝色的想法袭上心头：没有恐惧意味着没有爱。

她不再那么经常地想起父母。这或许是岁月流逝，或年纪到了。有关他们的记忆仿佛粘上了一层薄膜，就像照片长期暴露在空气中泛黄那样。他们属于另一个时代，她有时觉得，那个被叫作前数字时代的东西，就和她小学时怀着热情学习的史前时代同样遥远。

在当今这个世界，每一个动作、每一次移动、每一番对话都会留下印记，但她任何痕迹都不想留。正是由于所处的位置，她深知这些设备，诸如智能微机，无论其（今已千变万化）外表如何，语音助手、自动化住宅和社交网络在揭人隐私上达到了何等肆无忌惮的地步，对商业和警界来说又是何等取之不竭的情报矿井。今天，刑侦组也和别人没有两样，调查的很大一部分是基于跟踪开展的：监控视频，面部识别，实时或追溯行动轨迹，研究通话记录，购物凭证，硬盘和搜索记录，进行行为分析。没有什么逃脱得了这种控制。

克拉拉越是在工作中使用这些工具，她就越是想要隐形。

假如当今社会真的如人们所说的那样一分为二，那她就是属于顽固派阵营。这些人拒绝追随机械化养殖鸡崽的命运，像袋装面条一样任人打分，这些人尽可能地避免公开透露自己的喜好、朋友、日程和活动，这些人不再归属任何网络、任何群体，宁愿翻开书本和报纸，而非谷歌页面。断开连接。这是少数人的选择，但正被逐渐认可。这是艰难的选择，但有句至理名言：完美乃优秀的敌人。她并不天真：因为现如今不可能完全躲避雷达的探测。为与同事联系，她总归也会使用即时聊天系统，那些加密的数据，被保有的企业商品化后，放在任何小有智谋的黑客都触手可及的地方。但限制这种足迹、缩小她晕染出的光晕、抹除数字轨迹，是她坚持不懈的战斗。

在日常生活中，她控制自己的痕迹。她没有车，外出时步行或骑车，不使用塑料制品，不坐飞机，只有在被邀请时才吃一点肉。她通常没什么消费，在一家二手寄卖店买衣服，回收并再利用一切还能使用的东西。

后世界时代，在2020年新冠疫情期间被提出的这一概念最终并未发生。正如当时一位知名作家所预言的一样，世界始终不变，甚至更糟，比以往任何时候对自己的毁灭更加视而不见。

在闲暇时候，克拉拉非常关注国际上一场应对气候失调和生态崩溃的运动。她参加过他们的几次游行，也出席过关于讨论行动方针的地方会议。她赞成团结互助的公民动员，主张非暴力干预，对不同意见的公民不完全敌视。在会议上，令所有人震惊的是，她认为作为警察的她：既不怕辩论，也不怕对抗。

托马和一位女法医结婚，现在是两个孩子的父亲。他偶尔给她寄来手写的字条，这种古老过时的标记仿佛穿过时间与距离之墙，而每封信的开头无一例外地是："我美丽的克拉拉，你好吗？"

她很好。她总是这样回复。事实上，她没有任何忧愁或抑郁的显著迹象，尽管她近来发现深渊对她有一种令人不安的吸引力。这发生过两次，第一次她站在埃特勒塔悬崖边，第二次则是在一名女受害者公寓楼十层的阳台上，她突然想到自己的坠落。来自童年的一种可能、一种呼唤，或是一种记忆，她不知道该如何开口。

她也希望能够至少活出一段伟大的爱情故事——她喜欢这种表达，尽管她觉得已经在年轻同事口中被用滥了——但它要求的是一种她永远无法企及的放任形式。她蛮可以倒在长沙发上思考原因，但无论如何她都选择站着。打从记事起，她就一直处于这种紧张、警惕甚或怀疑的状态中，现在看来，这和她的代谢方式是密不可分的。她总是忍不住设想之后的打击：倒塌或者背叛。

她越来越觉得，刑警队自创始以来，就以一棵蓟作为标志的那句箴言，正适合她自己：以身试险，必尝恶果。

2031年6月的这天，夏季提早了数周开始——去年的最高温度刚刚被再次打破——她卡着点来到由班组负责人召集、每日例行的工作汇报会，喝着一杯全楼口碑最好、产地却始终是谜的咖啡。前段时间倒是平静，可今晚开始她的小组要连值一周的班。下周一以前，所有的烂事都会再次回归。

刚开完早会，回到现在由她独占的办公室，克拉拉的腕表上收到一条来自前台的信息：10点钟会面的客人到了。警报触发：该会面没有记录在工作日程中。她又一次大声咒骂起来，这软件借口识别一切到访人员，成天对好歹事由大惊小怪——以至于反恐部门的同事戏称它为"事多多"。事实上，"事多多"不具备多少冷静，离启动国家安全预警系统的最高猩红级别也不远了。

克拉拉坐下来，说出几句话，唤醒她的电脑。

会面没有显示在她的计划进度图中。于是，软件将这认定为恶意和危险入侵，尤其因为面部系统并未成功识别。不巧的是，警方也不认得该人。几秒钟后，一张少女的脸显示在屏幕中，配注提示：无效。一个预先录制的声音要求她立即识别该人员身份，否则将触发一号警报。一怒之下，克拉拉使用了行之有效的老办法，打给总机：不必派出直升飞机，我这就下来了……

等电梯的时候，她再次看向小姑娘那张断断续续在她表上继续显示的面孔。一张她确定不认识的脸，同时又异常地熟悉。

她进入轿厢并按下一楼的按钮。

电梯下行过程中，她脑海里闪过众多画面，毫无疑问：四号接待室中，被两只电子眼所注视、坐在十二年前同一张椅子上等着她的人，正是金米·迪奥。

梅拉妮·克洛非常忠于她每天早上的作息，永远在7点45分起床。准备新鲜果汁之前（使用瑞纳榨汁机，市场上最棒的品牌，每年都为她提供最新型号，以换取她一个社交账户上的好评），她打开落地窗看向大海。"我们享受非凡的全景"，她满意地说，这是一个她喜欢用高音念出的句子，登场次数不亚于"这是小小的人间天堂"。她可以用几小时谈论她在萨纳里的房子，不光建在滨海小丘上，外面还有华美的花园，虽然养护花费大价钱，却是她的粉丝最喜爱的场景之一。

几年前，他们决定离开沙特奈-马拉布里。他们从这座房屋的原始基础——最纯粹的普罗旺斯风格的典型农场——改造升级，采用基利安·凯斯的设计图纸，这位年轻的建筑师，凭借最后一拨电视真人选秀节目"群星之家"而一跃成为房地产界的红人。

当时，梅拉妮和布吕诺从十多位名人当中被选中，与电台观众一起分享这次奇妙的体验。一共三集的内容主要针对他们房子的转变，每周日下午播出，打破了历史收视纪录。当然，基利安·凯斯成为他们的朋友，夫妻俩也毫无遗憾地离开巴黎大区。出名带来的压力已然变得难以忍受。

并不是说他们在南方名气较小，而是因为有机会拥有私人土地，他们的花园和"小小爱巢"，这也是她很喜欢在网上一再重复的一个词，远离了蓝鱼小区的混杂，不会有邻居像那里一样，联合起来散布他们的流言蜚语。那时候，最恶毒的谣言已经传开,而支持者则少之又少。

　　金米绑架案始终是一抹阴影,是她构筑的美妙大厦上的一道裂痕。她希望从记忆中擦掉那可怕的时刻,从所有人的记忆里擦除,它严重的后果已经超越了女儿回家的事实。现在她知道,发生在他们身上的一切负面之事都是从那里开始,源于那个精神错乱的女人。那女人败坏他们的生活。那女人是她那堪称楷模的家庭故事中去不掉的污点。那时他们所经历的东西,还有后续几年里,她小女儿所忍受的可怕阴影,折磨着他们全家,这些,她最终通通都不愿想起。那一时期,她所有的努力都用在忘却和拒绝回想上面。因为为了前进,有时必须当作有些事不曾发生。

　　今天,即便孩子们已不再与她同住,关注梅拉妮的人数仍然超过三百万,这是把她主要账户加在一起的结果,包括:新梅拉妮(尽管照片墙已经快速没落和过时,她还是把账号重新命名,整顿成忠粉社群),还有她两年前在回家乐上注册的作伴梅拉妮。这个更偏重室内与安居的新兴社交网络正在全速发展,为她提供了更多的观众,她与他们分享她的食谱、她的哲学、她的日常,当然,还有她的心情。
　　梅拉妮关注潮流并爱好一切新事,是她最早一批开通了自己的家庭直播频道,梅拉居家,从此能够在付费平台"分享极致"上面订购并观看。这个概念可以让粉丝和自己喜欢的人群共同度过一整天。在这个大有前途的领域,梅拉妮取得了巨大的成功。该说她是毫无保留地展现自己。她带着粉丝们到处跑,承诺他们不会错过任何事:看牙医,做美发,与同行的女主播或女名流吃饭,她分享一切。比起以往任何时候,这种分享都更加成为她生活的动力。

众多化妆品和服装品牌定期找她在网上推广产品，请她发放电子优惠券来回馈她的亲们。她在这些服务上获得的报酬从来取决于她的名气和她的影响力。她的热情、忠告和知心话总能开花结果。另外，自从她作客"群星之家"后，一个知名的家具和装饰品牌便选中她作为女顾问，并每年都和她续约。即便她的年收入赶不上当年快乐小憩的顶峰时期，她的名气也足够支持一笔富足的收入。在这一点上她拒绝透露更多细节。

布吕诺一直充当她最忠实的后盾。他始终是她2011年所嫁的那个诚实可靠的男人，二十多年来从未变过。

仅有一次，审理埃莉斯·法瓦尔那会儿，她担心他会动摇。面对新一波的恶意中伤，他那坚定的丈夫犹豫起来。他好像突然间什么也把握不了了。"如果我们错了呢？"有一天晚上熄灯之前，他这样喃喃地说。此前一直不计较那些嫉妒和仇视内容的他，变得担心起网上舆论对他家人的评价。他曾一直坚信她和她的判断，跟随她指出的方向。

那一时期他变得脆弱。或者说丧气。他开始做噩梦。

一天晚上，他们从法庭回来，布吕诺哭了起来。他在客厅踱来踱去，嘴里不断重复："都停了吧，让这一切停止吧，我求求你。"她从没见过他这样。随后的夜里，梅拉妮思考着他所说的一切到底是指什么。他是在说诉讼吗？还是更一般意义上的，他们所营建的这些？

到第二天，丈夫恢复了原样。他们没再聊过这事，她也注意着不再提起。她的丈夫再一次地向她展示了忠诚的证明。

"没错，"她想道，"必须迈过障碍，不去回头。"她也经常对粉丝提出这样的忠告，此时会有跳动的小星星围在她脸旁，一抹暖光像光环一样笼罩住她。"我们需要一些诗意",她经常对着镜头这般坚定地说。

她虽然不能明白原因(据说是会引发某些用户寻求认可和计较得票的心理问题,最终导致抑郁),但照片墙不再提供点赞功能了。不过好在,回家乐发明出一种同等的会员奖励机制:关注粉丝发送"算我一个"或者"我也同样!"并把评论控制在五十个符号内,然后由平台的语义识别系统进行过滤。所有消极和负面评论都会被自动删除。

每天,梅拉妮都会收到大量令她满足和充实的爱。这大概就是她这么幸福的原因吧。因为她本身就是幸福之人,没错,即便她的孩子已经离家。他们成年了。生活就是如此。而且,"世上所有尽善尽美的妈妈都要面对孩子离开的一天"也是她收看量最高的视频之一。眼角挂着泪、嗓音微微颤抖的梅拉妮拍摄金米和沙米的卧室:空空的橱柜和没人动过的床铺。那一天,她心中那个尽善尽美的妈妈好痛。用户们最爱看她的吐露和倾诉。他们想了解她的一切,为这一切而陶醉。

她的对手们选用较短的英语标题,而梅拉妮则刚好相反,她善用法语的诗意标题,而且并不在意长度。受到第一次成功的鼓舞之后,她又拍摄了"四十岁女人藏于心底的秘密"(一段围绕美和内心青春的视频)和"一日为母,终身为母。孩子永远留在我们心中"。

由于这些视频,她遭到"还我清洁!"网站的攻击,这个批评网站声称要把那些人设不符的网红拽到台前。他们说她套着伪善虚假的面具哄骗社群,责备她言行之间诸多的矛盾之处。这些人什么都不懂。他们不懂得魔法、奇妙,不懂得友爱。"这世界需要温柔、闪亮和柔光",她这样回复着,当下决定把这用作她下一次视频的标题。她一再被质疑与子女的真实关系情况,这种无端的猜测使她倍受伤害。该网站确信金米和沙米已与她断绝往来。只要能诱人点击,人们不惜捏造任何谣言,这种现象早已屡见不鲜,但它实则已被无限放大了。梅拉妮向往的是一个多愁善感并充满爱意的世界,在那里,暴力和嫉妒都不复存在,人人都可以实现梦想,坚持品位和保持乐观,而不会因此成为评判和取笑的对象。

有时,她会反思这是否不该由她来创造。

小金小沙已经有一段时间不曾联络了。他们当然没有断绝关系,当然没有,但是,她经常感觉很难和他们说上话。她没有和用户们分享这点。首先是担心流言蜚语,其次是因为,他们知道后可能会沮丧,毕竟在她尽心尽力地做了这么多之后,孩子终归是疏远了。她曾是一位那么无私奉献的母亲,无时无刻不陪伴左右。为了保证他们的将来,她那么卖力。全靠快乐小憩,这个她一点一滴创建起来的帝国,不仅小金小沙变成了真正的明星,而且每人还在巴黎拥有一套公寓。他俩靠着她在存托银行开的账户生活,条款规定他们成年后可以动用那笔钱。可惜的是,就像是钱烧了手,又或是他们已经善于挥霍,兄妹俩都没有听从她给的劝告。

他们离开了。这是顺理成章的。"世上所有尽善尽美的妈妈都要面对孩子离开的一天。"没错,这就是生活。

她每周至少给沙米去一次电话。大多数时候,儿子都会接听,但他声音很低,而且说不到几秒就挂断。他很怪。她不知道他在做什么,在忙什么。他总是很着急。他说之后再解释。沙米再不对他们讲任何事。所以布吕诺很担心。

这一期间,布吕诺担心很多事。孩子们,还有一堆小题大做的琐事。他疑惑这疑惑那，反复纠结过去，还订了心理学的电子书。这是中年危机。她有时怀疑，这些古怪行为是不是从他们在广播里听说格雷瓜尔·拉龙多的死讯开始的。格雷格是自杀的。这当然很遗憾。她这些年来都没有过任何消息。自从金米回家后，他就没再打来过。2025 年，他尝试在"回归瞩目岛"第一季（同时也是最后一季）复出，但失败了。这档节目是沉重的一击。

他们得知这不幸消息的那天晚上，梅拉妮心想她丈夫想必会如释重负。他们无声地对视了一眼。布吕诺相当动容。她知道这勾起了他不好的记忆。然而就是从那时开始——也或许只是一个巧合——他开始四处担惊受怕。

她倒认为沙米经历的是迟来的青春期叛逆。这发生在顺顺当当的孩子身上。因为，得益于那个女人，金米让父母亲看到了她身上的方方面面，而与她完全相反，沙米则从没遇到过任何阻碍。他在学校一直表现很好，永远应对出色。

梅拉妮喜欢回想起他小男孩时的样子，那么乖巧可爱，永远热情洋溢，面露微笑，同一场景重拍个五六次也能做到始终如一。说实话，沙米一直扮演行动者的角色。做挑战，说笑话，去旅行。与妹妹不同，他从不拖延，从不质疑。沙米一直有自己的粉丝。孩子时的他喜欢开箱玩具，但随着长大，当他们开始引领风尚，他转而对恶搞产生了兴趣。他自己设想新场景。创建自己的频道后，他专攻游戏视频，获得了巨大的成功。他能发展出自己的社群。他的笑容、绿眼睛、承自父亲的毛绒熊一般的憨厚表情是观众最爱的。沙米是理想的大哥和最好的伙伴。小女孩们梦想着结识他，小男孩们则希望自己和他相像。

是什么让他戛然而止，一夜之间，没有一句解释，未对粉丝说一句话，她始终不知道。

金米正坐在一张宣传防止盗用数字身份证的海报下面，等着克拉拉。

年轻女子一看到她，就站起身向她走来。她高挑、骄傲，鬈发垂在肩上。"像瑞典人"，克拉拉心想，她突然想起格雷瓜尔·拉龙多，那金发男人的故事从来不曾公开。

金米·迪奥一边自我介绍一边向她伸出一只手。她不安的眼神扫视着房间，克拉拉毫不费力地把站在面前的年轻女子与十多年前她花费好多个小时去观看的那个小女孩联系起来。

"我不知道您是否还记得我……"

"当然了，金米。你需要我做什么？"

"我想看我的案卷。我的证词。我想知道我都讲过什么。埃莉斯·法瓦尔把我送来时我的说法。全部的内容。我记得是您来整理和归档的。我在想会不会留有一些痕迹。"

克拉拉建议去她楼上的办公室，这样交谈环境能更安静些。在穿过小门的一刻，金米似乎迟疑了一下。克拉拉借机向她道歉。

"抱歉没有用尊称，实在是因为从小女孩时就认得你了。"

"您不是第一人。全世界都和我自来熟。"

电梯里，金米只是一言不发地看着克拉拉。

她们走出轿厢，年轻女子配合着她的脚步。她听到背后传来马丁靴敲击地板的沉闷声响，内心确定了一件事：金米·迪奥还没有偿还完她的债务。

一进办公室，金米再次环顾四周，似乎很乐意了解正在踏入的这片新地区。说实话真没什么好看的。没有绿植也没有相框，只有一堆处理中的文件，堆得多少还算稳固，还有十来张血淋淋的照片，克拉拉小心翼翼地把它们藏到她看不到的地方。

"你怎么找到我的名字的？"

"在我母亲的一些文件里，很久以前的事了。我唯一能想起的只有您的脸。其他一切都是模糊的。心理学家、医生，还有其他警察，我通通都记不清了……除了您。您凑近过来，我还记得您是蹲下和我说话的。听到您的语调，我对自己说'也没有什么的'。我为埃莉斯担心。我想我明白过来，虽然她冷静温和，但她恐怕惹了大麻烦。您知道，我再没见过她。您整个上午都陪在我身边。我知道证词摘要是问讯过程中记录的，但我接触不到这些文件，或是任何只言片语。我父母什么都不愿给我看。"

"您有什么特别想知道的部分吗？"

"我想知道全部。"

一提到当年，克拉拉恍了一下神，她想起那件案子给她留下的苦涩回味。

"你知道，新闻上报了很多内容……"

年轻女子打断她。

"我不能这样活下去，一想到那个女人可能是唯一理解我们正在经历什么、也是唯一试图结束它的人，却因为我的过错在监狱里待了两年。"

"那不是你的错，金米。埃莉斯·法瓦尔坐了两年牢，是因为她触犯法律。她诱拐并挟持了你好几天。后来证实她没有人身强迫也没有不良企图。并且主动投案，法官考虑了这些。你没有任何理由责怪自己，而且相信我，你的证言恰恰有利于她的减刑。她本该判得更重。"

"您说的是真的吗?"

"当然。我清楚记得,你们二人的叙述非常相符,这对她有利。"

"我读过报纸上对我诱拐案的报道,他们用的词是'囚禁'……而令我吃惊的是,竟然没有任何人关心我有地方躲藏几天,是否感到如释重负。不必从早到晚拍摄,不必对着全班、全校,对着千百万见都没见过的人时时讲述我的生活。"

愤怒从她平静的脸上微微流露出来。

"有的,金米。这个问题在审理时被提出过,尤其因为埃莉斯·法瓦尔把你的某些迹象解读为疲惫,甚或是困扰和……"

"但我被带回家了。"

"的确。"

"您知道后面发生了什么吗?"

因为不想打断姑娘的话,克拉拉只是摇了摇头。

"我母亲静待时机。等着风波平息。等着媒体转而关注别的事情。她放过圣诞和整个冬天。几星期或几个月,我们过着某种沉寂的生活。您知道,手里有了时间,这感觉很怪。有时间闲下来,有时间思考该做些什么,有时间什么也不做。我母亲过得不好。她非常害怕会被忘记。变得透明,就是说没人看见。我记得大概是在3月,她提议玩一次无条件同意的挑战游戏。来热闹一下。不是自己玩,在家庭内部那种。不是。热热闹闹地拍摄。边玩边赚钱。绑架之前,我们上一条这种类型的视频被播放了两千万次。我们的孩子用户喜欢看这种。您能想象吗,看到父母亲一整天里对所有要求都说好?这是所有孩子的梦想吧。更别提那个被诱拐的小女孩又回来了。这种场景简直是摇钱树,而且注定会轰动。视频刚发出来,就打破了我们所有的纪录。"

她停顿了一下，就像请克拉拉自行体会一样，然后继续说：

"于是我们又开始了。起先是时不时地讲个小故事。使粉丝放心。'当然了亲们，金米很好呢，她想使劲亲吻你们呢。是不是，我的小猫咪，你要亲亲吗？'"

金米逼真地模仿着她母亲那种刻意拿捏出来、带着夸张鼻音的活泼语调。克拉拉露出微笑，但姑娘寻求的不是这个微笑。

"节奏加快起来。埃莉斯·法瓦尔的开庭审理不是几个月就能解决的事，媒体已经淡忘了我们。但粉丝们，粉丝们极度饥渴。您觉得我能对我母亲说'拿着你那傻逼手机和你傻逼的亲们滚出我的房间，有些人正用你分享给全世界的这些梦幻美照撸得正欢呢'吗？不，显然一个孩子是说不出这番话的。想不到的。但现今我十八岁了，就会这么说。我遇到的人里有一半都认为他们远比我更了解我自己。如果正好没见过的话，也只需手指点上四下，就能看到我身穿三角裤或芭蕾裙的样子，或是正像个动物一样舔舐桌上的薯片。"

金米的脸僵硬起来。

"您觉得一个孩子，两岁、四岁或十岁，会真的愿意这样吗？他们能理解正在做的事吗？"

克拉拉没动。她没有把目光从年轻姑娘身上移开。

"你们中有谁待我一回家就紧接着收看快乐小憩的吗？有谁看过我们那个舔它还是啃它的节目，还有禁闭期间的厕纸大战的吗？有谁看过沙米把自己铐在床栏杆上、为他招致最大嘲讽的那个傻缺场景吗？谁又敢说这是屈辱呢？"

金米·迪奥并没等待回答。

"我想您肯定是有更重要的事要做。事实是，这个频道却因此赢得了它最新的一百万订阅用户。我们就是这样，一点一滴地再次开始。是的，几个月后，拍摄、游乐园、代言推荐，一切都重新回来了。"

金米几乎喘不过气来。

"假如我们对对方的生活一无所知,他们却通过屏幕看到我们的一切的话,这样的朋友还怎么交呢?我们孤立,被分割。人们对我们或艳羡或仇视,或宠溺或谩骂。结果她说'这是出名的代价'……但这还不是最糟的。最糟的是,我们无处躲藏。没有一处不在她的掌控中。"

这一次姑娘停下来。太阳穴上突起细细的青色血管,昭示着她的愤怒。

克拉拉把一杯水递给金米,然后她离开办公室,很高兴能稍微逃离一下。年轻女子的情绪激活了她观看快乐小憩影像时的怀疑,还有那种错位脱节的强烈感觉。

这种感觉,其实仔细想一想的话,就会发现它从未离开。

她的确是忘了金米。或者不如说,她转移至其他事物。基本是尸体。温热或冷掉的尸体,扭曲的尸身或散落的骸骨,从林中深处发掘出来。她做她的工作。高度精确的工作,要求她的精准和专注。

但金米说得对。她的确没有继续收看快乐小憩。当那项法律通过后,她对自己说,问题解决了。然后和所有人一样,她闭起了双眼。

克拉拉端着杯子回到屋里。她离开时,金米已经站起来,正看向窗外。年轻女子喝了一口水后重新坐好。她为了倾诉而来,而她还没有说完。

"八九岁时,我开始出现紧张抽动的毛病。能在视频里看到,当我面对镜头时,眼皮会控制不住地眨动。看了好多专家后——他们都建议要有耐心和多休息,因为大多数在孩子身上发生的抽动只是一时的——我母亲决定让沙米独自继续拍摄开箱视频。而我则参与其他类型的录制,在那边我的问题不太显眼。于是有段时间,沙米独自一人打开包装和奇趣蛋。那一时期我们几乎全都在拍24小时大挑战，这在其他家庭频道非常火：24小时钻纸箱，24小时泡浴室，24小时充气屋，24小时睡帐篷……人们玩疯了……"

克拉拉不敢看表。她有一个约会，她很肯定自己已经来不及了，但她应该让姑娘一直讲完。

"后来呢？"

"待抽动消失后，我脸上开始长斑块。湿疹在几周之内就发展起来。手上，脖子，肚子上，像鳄鱼皮一样可怕。母亲试图涂点儿东西遮掩，但任何化妆品都会让症状更加严重。于是沙米就渐渐变成快乐小憩的主角，而我从频道消失了。大约十三四岁时，我开始抽大麻，还和隔壁高中半数的男生鬼混。湿疹消失了，但我已经再也没有母亲喜欢炫耀的完美小女孩的样子了。公主装破破烂烂，而我的脾气也与布景再不相称。我几乎变成了同其他人一样的青春期少年，傲慢地反抗他们的父母。为了惹火他们，我故意说我要去和埃莉斯住在一起，虽然我很清楚她肯定被下了禁令。几次争吵之后，不顾母亲的反对，父亲同意送我去寄宿学校。一到那边，我就把头发染成乌木色，并且决定叫自己卡里娜。我警告校长和老师，说这是一个攸关生死的问题。当被人问到我是不是金米·迪奥时，我就回答说那是我表亲，而且是个大蠢货。同学们很快意识到不该坚持。一些女生继续嘲笑我，在线上或是线下私传闲话，但我不在乎。我皮肤光滑，再次呼吸。快乐小憩停更了。当然，我母亲保留了她在照片墙的账户，好让热衷的快乐粉丝们了解家庭近况。她继续讲述她用星星雨和滤镜美化的梦幻生活。然后，轮到沙米了。他有自己的频道，也做得越来越好。我离家时，她变成他的教练、造型师和财务总监。沙米从来没质疑过任何事。她对他说，他过的是美妙又特别的生活，他相信她。"

有那么一刻，克拉拉眼前浮现了那个在他们家见过的活泼而又不安的八岁小男孩,并试图想象他长大成人的样子。

"沙米,他好吗?"

金米沉默了一下才回答。

"我不知道。我不知道他住哪儿,在干什么。我上寄宿学校那会儿,我们很少见面。虽然周末回家时会见到,却从不说话。虽然这样讲很遗憾,但我们已不在同一阵营了。我成为宣战者,而我意识到他已与敌人达成了妥协。他在自己的频道上做着视频,始终在妈妈的掌控之下,让妈妈来做客串明星。对我来说,这不过是投敌分子罢了。我们疏远了。他与很多品牌合作,和其他网红有一堆项目,他干得真是不错。他住到巴黎,便于这些事的进行。妈妈紧追他的活动,她审读他的合同,给他建议。即便不在一起,她也事事参与。当我搬到巴黎时,我联系了沙米。他约我在一个咖啡馆见面。我立刻就看出我们之间的隔阂。和他说话变得很难。我对自己说,他是因为我私自逃走、因为我离开这个家而怨我。我甚至感觉他在提防我。可我们曾经那么亲密。您是不会懂的。他是我大哥。我喜欢他,重视他。这件事真让我伤心。我本以为脱离了父母,我们可以再和好,重新恢复关系的。但事情恰恰相反,我永远地失去了他。"

她缓了口气,然后以更低沉认真的语气说下去。

"大约一年前,他停止了一切活动。在事业的顶峰,就这样,戛然而止。他没再出现在任何社交网络上,废弃了所有账户。快乐小憩上面的视频还留着,因为那是母亲管理的。沙米搬了家,更换电话号码,我不知道他现在在哪里。谁也不知道。我也不再见我父母。不时给父亲写封信,发封短邮告诉他些近况。他总是半小时以内就回信,他很担心我过得怎么样,问我什么时候回家。有时,我感觉我父亲,在经过了这么多年之后,有所动摇。从某个词,某段回忆,从字里行间,我猜出他的悔恨和痛苦。我没回南方的家已经很久了。"

金米停下来,看向四周,好像在吃惊竟然还坐在这里。然后,以一种突然变弱的声音,她补充道:

"您知道,说到底,母亲还是得到了她想要的。对于整整一代人来说,她自始至终都是——也将永远是——梅拉妮甜梦,小金小沙的母亲……只是沙米,我不知道他过得幸不幸福。"

接下来的沉默和她之前的讲述一样紧张。

她的脸笼罩着悲伤。皮肤下的情绪躁动好像在以小小的电流循环交替,因她难以控制才流露出来。

克拉拉看看手表。这个时间,她应该在法医鉴定所参加昨天发现的一个男孩的尸体解剖,以验证现场不那么可靠的自杀迹象。这次她真的得结束会面了。

"对不起,金米,我得走了……我来看看能做些什么。我给不了保证,但会给你打电话的。"

年轻姑娘低落下来。

她看着克拉拉递过的纸笔,好像那是刚从考古现场挖掘出的一样,然后她才意识到必须要留下自己的联系方式。

随着电梯门在金米·迪奥长长的身影后再次关闭,克拉拉以低沉的语调说出这句话,清晰一如那些曾屡屡在夜晚唤醒她的众多话语一样:"她是来找哥哥的。"

金米离开棱堡,向地铁站方向走去。运气不坏的话,她或许能在站口找到一辆电动脚踏车。她见到了克拉拉·鲁塞尔,但她不确定是否打动了她。她时间不够。她本想对她讲出一切,从埃莉斯·法瓦尔带她来到这座拥有迷宫般走廊的玻璃大厦的那天开始,直到今天,十八岁的她决定重返这里。她时常问自己,为什么会独独记得这个女人,而擦去了其他那些人的面孔,尽管他们所有成年人都轻声细语、小心翼翼,检查她的身体,对她提过问题。今早她发现她那么小巧,同时又那么有魅力,她想这可能是由于她拥有一个孩子的身材。

她很想一整天待在这间办公室里。她很想摆脱她的愤怒、她的内疚、她的痛苦。在这墙壁间弃掉那些多年来虚假的快乐,和难以言表的苦恼。

她不知该怎么开口。

当她回忆童年的温情时刻时,想到的总是沙米。她是为他回来的。她的大哥。

她想到每每上床的钟点一到,他会偷偷溜进她的房间,对她说一声"真正的"晚安。

她想到他为她讲述透明胶这个隐形男孩的冒险故事,那是他发明出来的一个有趣人物。

她想到他对她的维护,不让她因忘记台词或拒绝穿粉红色的芭蕾裙而受责备。有些时候,只有他才能劝说她穿上那些她不想穿的服装。

她想到他留给她的那块最大的蛋糕和水果挞。

还有那些只属于他俩的秘密游戏：在人行道上不踩到线，数一数有多少辆电动汽车，把脏娃娃藏到一个找不到的地方，帮它逃离洗衣机。

有一天，因为一个小男孩当着许多同学的面嘲笑她，使她控制不住地犯了抽动症，是沙米和他打了起来。

很长一段时间里，他们一直保护着属于自己的不对外公开的小世界，并备有他们自己的暗号。这个编过码的兄妹世界，父母亲从不知道。但快乐小憩渐渐蚕食了他们的游戏、他们的空间，强加上其他风格、台词和千百次重复的口头语。快乐小憩打胜了。

沙米始终回应着他们母亲的要求，从未反对。他是妈妈的完美儿子。永远听从，永远行动。他卖力工作，毫无怨言。随着金米的退出，他变得愈加乖顺。随着她明言反叛，他反而加倍释出自己的诚意。因为她选择说不，他便选择说好。而正因为他说了好，她才能得以说不。

这么多年来，他忍受着羞辱、戏仿和外号。无数的恶意和嘲讽，他从不还击。好像什么都不能令他动摇。他对那些愿意听的人解释，说他在创建自己的未来。他会出名，挣好多好多钱。

她曾因为哥哥是个模范乖宝宝而怨恨他。她恨透了他的顺从。她没做到的他来承担。她没做到的他来弥补。

今天，她明白过来。

是他给她留下了反抗的土壤，他给她提供了逃离的可能。

圣地亚哥·瓦尔多最近弄了一个语音识别软件，其功能必须承认相当惊人。那个强效话筒让他在来办公室的路上能边走边录下口述报告。只需说出一个词，就能在口述过程中帮他打开档案和补充文件，查找引文和插图。软件指出他的重复之处，可能的句法或性数人称错误，甚至备好了解决方案。

圣地亚哥这两天在写一篇有关"巢居"进展方面的文章，这是由美国社会学家定义的一种重要趋势。

随着他的叙述，他看着句子魔法般地从空白页上显示出来，连一个拼写错误都没有。

如果他想要更改，只需念出"退格"然后再加上字母位数，或是他想要删掉的那个词就好了。

他一边健步如飞，一边准备开始他的结论部分。

"现如今人们躺在沙发上即可体验不同于自己的各种他人的生活。只需订购一个付费平台，选好模式后，依照设置自行沉浸，任其带领即可。该市场正在蓬勃发展。如果说在代理商提供的生活场景中，虚拟现实取得了无可否认的成功的话（只需花费几欧元，就能以超级逼真的色彩还原度，二十四小时置身马尔代夫的水上别墅），那么真情实境（又称'家庭直播'）也在占据着越来越重要的市场份额。

"'分享极致'的当前目录上提供了超过两千种或无名或知名的真实生活场景：单身或非单身的男男女女，各种性别和性取向，不同人数规模的家庭，退休人士。优惠套餐价一次即可体验两到种生活。

"不少人……"

他停下修改。

"退格：三个字。"

他思考片刻，然后继续口述。

"越来越多的青年人不再走出家门。他们远程工作，或不再工作，他们不再去剧场、电影院，甚至超市。他们订购商品（食品、化妆品、电子设备、文娱产品……），送货上门，并通过越来越复杂的界面或电子游戏进行交流。他们以这种代价感受安全。"

他停下来，心想着稍后再完成。必须提升一点儿高度，找一个更具冲击力的结尾方式。

圣地亚哥研究的病理学与过早暴露在社交网络中有关，它出现于青春期，或者，更常见于步入成年时。主要症状之一是成瘾。基本上是行为成瘾（游戏、上网），也有转向依赖精神药物的情况（酒精、毒品）。可能引发成瘾性障碍的情况有，当主体感觉自己的媒介观众缩减时（如同被剥夺了奖赏剂量——浏览次数、评论和各种黏性指标——为补偿这种缺失而转向另一种更易取得的奖励性物质），但也有在名气顶峰时发病的，这样就可以减轻此种情况引发的焦虑，或是它在某些时候带来的孤立感。

此外，迄今为止在美洲大陆观察到的其他精神性障碍也开始被介绍到欧洲,并引发了新的研究,这正是圣地亚哥与二十来位大学同行和医院从业者进行的工作,他被公认为这一领域的领头人之一。

与沙米·迪奥两次电话通话之后,他几乎可以肯定这小伙子显示出了楚门世界综合征最典型的那些症状,这是二十一世纪初首次发现于洛杉矶的一个症候。欧洲也同时提到过几个病例,但并未成为大学出版物关注的主题。该症曾一度被认为是一种未加确诊的精神障碍(偏执性妄想、精神分裂、双向情感障碍)的表现,现如今已成为具备同等价值的病理学观察对象。它命名自 1998 年彼得·韦尔的一部电影,雅科·勒卡库这样概述了它的情节:

"《楚门的世界》讲述一个小伙子在三十岁前夕发现自己从出生起就一直生活在一个被演员包围的直播节目中。他的妻子和最好的哥们领取工资来按照耳机的指示同他进行交谈,而他的全部生活都是由控制节目的疯狂造物主精心策划的。这个叫楚门·伯班克的青年并不知道自己是一档大型直播节目的宠儿,是全球家喻户晓的故事主人公。他最终因爱上了一个女配角而决定逃跑,回归真实的世界。"

圣地亚哥研究这一课题已经很久了。患有楚门世界综合征的病人相信自己永远处于被拍摄的状态中,生活里的每分每秒都在某处转播着:在暗网深处、某个虚拟平台上、直播的虚拟现实节目……他周围的亲友都是这一阴谋的帮凶:朋友、同事和家庭成员只不过是扮演着预先指派的角色,让他不至于怀疑,并对他隐瞒真相。

病患通常先经历严重焦虑,然后将普遍的阴谋作为合理化解释。他们认定大众的注意力集中在自己身上,有无形的观众在注视他们，这样一来，焦虑也就得以名正言顺。

在沙米·迪奥的个案中，他的障碍并不仅仅是一种表征：而是来自确切的童年记忆，很可能是创伤性的。

病理学表象最严重的受试者认为，他们的精神和身体均被尖端科技或实验研究操控着。他个人只是一个部件，通过周围的连接设备，被一个不现真身的邪恶心灵远程指挥。病人甚至相信会听到由各种传输系统直接输入到他脑中的声音，记忆也会被他当成在他不知情时植入的图像。他相信身体的任何一处都逃脱不了这种支配。

在过去五年中，法国有二十来例楚门世界综合征的确诊个案，这些患者均在2005年后出生，幼年时即接触用户共享平台或社交网络。目前来看，这种早期暴露仍不失为一种可行性假设。

克拉拉步行回家。她保持匀速的步伐，她不知道还有哪种办法对缓解压力这么有效。神经丛渐渐释放，压抑的感觉消失了。她注意到了静寂。难以置信的、这座城市并不习惯的静寂。经过议会的长期讨论，一项禁止燃油汽车在巴黎二十个区内通行的法律刚刚生效。她认为这是对空间的另一种感知，这让她想起了还是小女孩时的那些冬天，那时冬天还会下雪。

在身体的规律摆动下，思想也相继而来：它们排队循环。这种运动形式下的想法让她觉得比较容易接近、围堵，甚至加工。它们遵循推动它们前进的同一种动力，而在同一种节奏下，它们要么消失，要么清晰起来。

她想起金米·迪奥，还有她奇怪的请求。

她想起那具被误认为自杀的年轻男子的尸体。

她想到今晚可以穿上的朱红色连衣裙，还有那将会一起涂上的口红。

她想到最后一次同塞德里克在小餐吧吃饭时，他对她的提议。他想叫她去他的未成年人保护部门。他团队里很快就会空缺出一个组长的位置。她试图用一堆理由回绝他（她很久没上一线，她没有孩子……），但他只是迅速打断：他需要她。

当克拉拉走过公园时，一个男人超过她。

他扭过头来，不加掩饰地观察她，然后显然很失望地继续赶路了。她知道自己从背后看还是青春年少的身材，很吸引眼球。但从前面，她只是一个面容疲惫、不曾化妆的女人罢了。她不禁微笑。

快走到自家大楼时,她加快步伐。她喜欢最后一公里时保持住这种变速所带来的轻微澎湃。

她走到小区门厅前,感应门自动打开。门卫晚上 7 点以后待在门房里。经过监控时,她挥手问好并微笑。他俩有自己的小秘密。有天晚上克拉拉从晚餐回来时喝得格外醉,就停下来和他聊天。她完全不想睡觉。他们从一件事谈到另一件事,几天前冒出的社会新闻,值夜班到凌晨 4 点突然上身的睡魔,再也名不副实的冬天。后来谈到一处勉强的关联,他借机问她会不会打扑克。他那张脸瞬间就亮了起来。他像邀请人作客一座城堡那样让她进入他的门房。从一个抽屉里拿出一副牌和一瓶威士忌。这盘他们整整杀了一夜。最终他在清晨赢过她,然后带着满满的荣誉陪她回到家。

从那天起,他们每月至少约上一次。他擅长虚张声势,她则以策略更胜一筹。他们会为此穿着打扮:她穿裙子换高跟鞋,他则是亮色衬衫和黑鞋子。她知道他们不只是在打牌。他们是借游戏相处。他比她年轻许多,且非常具有吸引力。这可能会失控的。但每一次,他们都停在边缘,两个人各自站在山脊上。他们稳扎稳打。他们都遇到过别人。或许因为他们知道将来可能会失去什么。这种绵长时刻的甜美独一无二,这种充满希望与欲望的时刻,以及可以编织起来,走过游戏、走过危险的独特奇异的关系,同样也是无可匹敌的。

今晚她会在午夜穿好裙子,由电梯下来。

圣地亚哥·瓦尔多在中国城边上的胡夫塔二十层上，敲响了 2022 号房间的门。在最后一次请小伙子来他诊所的努力——以失败告终——之后，他决定由自己上门。

猫眼暗了一下，沙米·迪奥打开屋门。几秒钟里，他就那么一动不动地对着精神病专家，好像在迟疑该不该让他进去。他穿着旧运动裤和颜色不新的白圆领衫，但一尘不染的篮球鞋看起来像从没踏出过公寓半步一样。片刻无声的审视过后，他终于请他进屋。关门之前，他探头向走廊两边各看了一眼，那劲头活像在恶搞间谍类电影，圣地亚哥立刻想到，但同时也发现男孩在这种夸大的动作后面并没有任何嘲讽的痕迹。

屋里只有绝对必要的家具（一把扶手椅，一张桌子，两把椅子），墙壁上什么东西也没有。"有点儿拥挤恐惧症啊"，圣地亚哥默默观察。只需瞥一眼卧房便清楚，这里也遭遇了同样的强制精简。任何人都会打赌说这地方是没人居住的。

沙米·迪奥请他在一把椅子上落座，自己则坐在他对面，他胳膊肘支在大腿上，双手交握，背部弓起一条还能再弯下去很多的弧线。"他卑躬屈膝"，精神病专家心想。

小伙子多疑而谨慎地打量着他，圣地亚哥明白：他这是在确认面前的人没带任何能录音或拍摄的设备。

他面容消瘦，有黑眼圈，他脸上的一切都在昭示睡眠不足。尽管他的衣服有些宽松，还是能够猜测，或许正是由于这种不安定，才造成了他的憔悴。

精神病专家靠上椅背,做出倾听的姿态,请他先发言。

沉默持续了几秒钟后,沙米终于开口。

"大夫,我不知怎么才能逃走。"

圣地亚哥点点头,头脑里掠过一幅漫画,但他找不到更好的办法,能既鼓励病人继续倾吐,而又不至于干预了他的方向。

"我受不了再这样下去了。追踪,没完没了。无处不在。我受不了……您知道我从六岁起就开始被人拍摄了吗?"

圣地亚哥判断这是一个不能回避的真实问题。

"是的,我知道了您和家人在不同平台上拍了很多视频,尤其是油管和照片墙。"

沙米似乎为不必从头讲述而松了一口气。

"问题在于,她不再掌控得了。"

他停下来。眼神飘忽不定。似乎在思索该怎样继续,显然陷入了极大的混乱当中。

"我母亲她……"

圣地亚哥注意到他的双手在微微颤抖,不禁再次设想可能存在的治疗,然后他露出微笑鼓励他继续。

"是她打理一切的。一直以来。现在,她已经什么都管不了了。现在我生活的一切都直接转播出去了,我不知道在哪儿也不知道由谁在拍。很可能是一个付费平台。我不知道是哪个,也不知道他们怎么联络用户。无论我做什么、去哪里,我都被拍到。我躲在自己家里是因为这是他们唯一没设陷阱的地方。我都确认过了:家具、墙壁和我必须留着的一些东西。但我不确定和您说话时咱们有没有被拍到。或许您也是他们的人……我最近接触到的所有人都戴着视网膜相机。所有人。我不知道您是不是够诚实,但无论如何,我已经走投无路。"

圣地亚哥认定此时是结束沉默的好时机。

"您可以全心相信我,沙米。我不属于任何组织,没有佩戴任何设备,而且我受医疗保密协议监管。这样说您明白了吗?"

沙米满意地接受。

"您在电话里提到一位圣安娜的实习医生,你们有所联系……请问是在医院见到的吗?"

"那是在面包店。"

"嗯……"

"他们也有摄像机。可能有视频加密,但如今没有哪个系统能逃过黑客。交通、市政全都一样。人们以为国家信息委员会能保护他们,其实它什么也做不了。早被架空多年了。既然影像不出卖,整个社会就偷影像……几个月前,我下楼去买羊角面包。我刚进店,就看见摄像机把它的电子眼转向我,猛地打开,准备好把我吞下去。我不知道当时发生了什么。我断片了。只记得尖叫声。我心说'这是谁叫成这样?',真难以忍受。稍后我才明白那是我自己。消防员赶来,把我送到医院。我跟实习女大夫解释了一切。她对我说我必须留院一段时间,好好休息一下。我的确需要睡眠。她说得没错。但我拒绝了。他们完全可能给我服药,然后出售图像。"

"您觉得她是帮凶?"

"她不是,不,我不这么觉得。她只是不愿意看到真相的那拨人。不想知道这一切都意味着什么。是因为工作人员中,任何人都有可能。于是我赶紧回家了。从此就没离开过。"

"她给您开药了吗?"

"镇静剂,但我没有吃。我担心会让警惕性减弱,不是吗?"

"您把处方给我看看,我们再商量。"

圣地亚哥知道现在该是自己上场的时候了。向病人传达他听懂他的烦恼,同时不去鼓励他的妄想。

"沙米,如果您愿意的话,我想再次确认一两件事,以便来梳理您目前的处境。您自孩童起就为母亲所经营的油管频道拍摄视频。之后，您有了自己的频道，运转很好。我记得您发布游戏测试视频，还为想成为网红的人提供建议，我说得对吗？"

"是的，没错。但不止这些。"

"而您在几年之前，突然停止了这一切工作。"

"没错。"

"您能给我讲讲吗？"

"我上初高中那会儿，所有人都想做油管博主。一大半同学梦想过我那种生活。希望能和我自拍合影，去我家玩……当然，始终也有瞧不上我的人。装模作样地说些恶意的话。'我说沙米，你智商还正常吗？'或者，'谁为你生活做决定啊，是你妈还是照片墙？'又或者，'是沙米乐意的喽，他脸皮厚。'我马上就明白我将永远和他们不一样。这是代价。但来自网上的则是仇恨。我甚至收到死亡威胁。您知道我坚持住了。我不是因为这停下的。这是人们的说辞。他们乐于相信我是因为被黑粉攻击而抑郁，或是因为粉丝量始终超不过米舒。但这不是真相。"

"发生了什么事？"

"去年，我在早上常去喝咖啡的酒吧遇到一个姑娘。她特别漂亮，而我注意到她在瞧我。我们开始聊天，起初在柜台，然后就去约会了。这是我第一次对他人产生信任。她知道我是谁，但似乎不太看重这件事。照片墙的粉丝曾发给我无数私信：照片，表白，约炮提议。我都没理会。我期待真正的邂逅。有天晚上，喝了几杯啤酒后，她要我去她家。"

他的嗓音变调了，他清清喉咙才继续说。

"她住在很大的单间里。我一进去，就看到杯子，因为她有整整一列的收藏，展示在架子上……全是快乐小憩的杯子。上面有我和金米的照片，几乎每个年龄段都有。还有我母亲的照片。她还有手账、海报、钢笔、文具盒，收集品摆放得就像进了博物馆。"

他停下来,被情绪吞没。圣地亚哥等了一会儿才问。

"您当时有何反应?"

"我哭了。一句话也说不出来。她可能把这当作一次惊喜,觉得这种意外会让我很开心。我跟您讲:这对我打击太大了。我离开她家,此后再没去过那家咖啡馆,也没有再见过她。"

他在椅子上坐直。

"整整一两个星期,我被彻底击倒,只能躺在床上。不发照片墙,不更新油管视频,连抖音也没说话。我很肯定,就是从那时开始的。他们以为我要放弃。其实我只是想休息一下,但他们就慌了。他们联系了人,开始围堵我。之后,我渐渐发现我的邻居、女门卫,甚至一些朋友都成了他们的人。"

圣地亚哥看到男孩的焦虑越来越明显。

"所以您才关闭所有的账户吗?"

"是。但人们不会就此死心。一旦有人需要看到您,需要知道您在哪里、在做什么,当他们必须得到您的建议、您的笑话,当成千上万的人依托着您,依托着您的生活和心情,并准备好为此付费的时候,一个人是没有权利消失的。"

沙米停下,是时候用针对放松的训练来稳住呼吸了。他闭起眼睛。慢慢地鼓足又清空肺部好几次。圣地亚哥沉默着。四次吞吐后,小伙子恢复成原来的样子。

"赚钱的市场大有商机。如果我自己不拿,就会有人来代劳。"

"谁?"

"我不知道,我说过了。我只知道他们的组织无处不在。根本不可能躲得开。这是我那天在面包店意识到的。他们启动了一切网络,视觉、触碰和热捕捉,无人机,还有整个窃听网。"

"那您妹妹呢,她现在在什么地方?"

"上次的消息,她还在巴黎,但我没再见过她了。"

"您认为她也是这……这个组织的……一员吗?"
"不。我很肯定不是。"
"您如何肯定她就不是呢?"
"她不喜欢我。"
"那您呢,您喜欢她吗?"

沙米措手不及。眼泪瞬间盈满了眼眶。他就这么像个小孩子一样,用手捂住了脸。

克拉拉花了大半天来搜寻迪奥案和各个牵涉人的追踪信息。多亏同事的帮忙，几小时内她找到不少东西。她打电话，复印页面，收集文档。她把这些材料汇总成一个小卷宗，金米无疑会很感兴趣的。

每天晚上，她一进公寓，就像蜕去死皮一样脱掉身上的衣服。那是她在办公室或外面奔波的一天，她把它们投入洗衣篮。有时她在想，究竟有多少人像她一样，回家后要先换衣服的。有谁会穿上旧运动裤、大裤衩、拖鞋，套上松垮套头衫和歪七扭八的长袖衫。又有多少人更愿意选浴袍、蕾丝睡裙和丝绸晨衣。多少人卸下隐形镜片，戴上框架眼镜。多少人用这样的方法把家内外的世界分隔开。

在家里穿什么取决于她的心情。她比较偏爱长裙和棉质的裤子。

塞德里克今早又来电话催促她了。他开始多方进攻。他说"你得提速了""我这儿的事会让你爱死的"或"想想你的职业晋升"。

他也说"这就是为你量身定做的职位啊"。

或者更加直接："是时候离开你的办公室了。"

或许，只有她自己知道她有多么不确定。这并不单纯是一个服役或公派的问题。这是一个更加重大的选择。

或许，只有她自己知道，她已经再次停止了生长。

一段时间以来，她都感觉自己生活在世界的卷边上，以一种不可能的方式待在翻起的皱褶里，在充斥着虚假的爱和真实的恨的这些所谓的社交网络的边缘，在充满短句和自拍的这块幻景画布的边缘，在以音速传播的所有一切的边缘。

她是被这个她已不再喜爱的城市落在身后的女人，这里的每个人都忙着躲回家中，在网上购物和消费，或屈从于不可抗拒的算法路径。她是那个因过分警惕而无法入眠的焦躁不安的女人，因再也跟不上大趋势而暗自忧伤的女人。是不是因为她没有看着父母变老，所以她才会感觉如今的四十五岁是如此遥远，如此的不现实。

可若她深入细想的话，倒也不那么在意不能过那种蜷缩在屏幕前的生活，成日里与一个人工智能对话，唯一被要求抬头只是因为只有这样才能刷脸成功。她不愿像其他人一样深陷在沙发里，手机长在手指上、手腕上、手掌里，寻求感官刺激，在屏幕前蹲守着每日的惨剧、恶行和英雄事迹，又在第二天忘得一干二净。

世界从她身边超过，而她丝毫未加把握。世界失去理智，而她一点儿也追不上它。

或许正是这种无能为力的感觉变得难以忍受。感到体验不到肌肉、勇气、抵抗，再也不能冲到前线。感到任由自己沿着一道斜坡向下滑去，而现如今却觉得太累，再也爬不上去。

或许塞德里克说得没错。是时候动动了。找到另一种方式承担自己的角色。

"您有过轻生的念头吗？"几天前，心理辅导医生在年度的例行访问中这样问她。

"没，不很清晰。"她这样反驳。

"那么是隐隐约约？"

隐隐约约中……她避免靠近打开的窗子。

但她没有这样回答。

每天晚上,当她回到家中,她都有一种找到庇护所的感觉。她知道这不是什么好事。

她知道躲在(沙发椅、紧闭的窗帘、她公寓中的温暖)里面是一种特权和陷阱。

这天晚上,她刚到家,就在手表上选中了金米·迪奥的号码。

年轻女人在铃响第一声时就接听起来。

从她拿起电话的那一刻起,犹豫已经消失不见。

第二天，克拉拉穿过塞纳河。傍晚的阳光异常强烈，白炽炫目，简直像为照亮河水而打上的探照灯，她看向天空这样想。

她一边快步走着，一边抬起一只手挡住眼睛，忽然毫无来由地想到叔父德德。这部家族传奇也没有避开俗套，上面记载了他在歌手雷诺拥抱警察的那天死了。她想到搬去加勒比海生活的表妹埃尔维拉，还有做了经济学家的表弟马里奥。她想到因疏于时间维系，从视野里消失的那些朋友。

她约了金米·迪奥。

克拉拉选中拉斯帕伊林荫大道的这家咖啡馆是因为它那间昏暗而鲜有人的里屋，此刻她们正面对面地坐在这里。

克拉拉第二次配合着年轻女子阴郁的严肃、她游移的眼神和敏感的怒火。

她首先解释说她没有权利透露这些内容，因为事发时金米还太小。通常来说，金米应当通过行政上诉渠道向委员会提出申请，这道有些乏味的步骤会消耗一定时间。坦白说，克拉拉本人也没有权利以私人目的动用司法警用手段来查找某人的联系方式。

金米的目光瞬间暗淡下去，抿紧嘴唇，呼吸急促，腿在桌子下面摆动。

"她没有能力隐藏自己的情绪"，克拉拉心想，赶快结束了这番开场。

"但好在……某些情况下，还是有办法的。"

年轻姑娘专心地听着。

"我找到你的两份证词记录,是未成年人保护队里保存着的。你还会看到,埃莉斯·法瓦尔也有几份。我也找了她的后续。出狱后,她重新得到儿子的监护权,在她羁押期间孩子一直是托给他的外祖母照管。她搬去莫尔旺居住,在那里遇到了她后来的丈夫,一位特殊儿童教员。他始终在那家曾接纳伊利昂的残障儿童机构工作。他们结婚后,她随了他的姓。他们有了一个小女儿,今年五岁。埃莉斯在一家医疗诊所做着一份兼职工作。"

金米脸上闪过一抹微笑,显然听到这个消息松了口气。

"我还给你拿了些概括汇总的笔录,是我那时为串起案情全貌做的。另外还有其他事告诉你。"

金米探身向她,更加专注起来。克拉拉等了一下才继续说。

"我找到了沙米的踪迹。挺不容易,因为他是存心躲起来的。他几个月没见过人了,除了一位精神病专家去了他家两次。我不确定他是不是还好。甚至相信他急需帮助。"

金米抓起文件塞进包里。有几秒钟,她的视线在屋内茫然地飘浮着,然后才重新聚焦到克拉拉身上。

她用几乎听不见的耳语声道了谢。

然后她站起身,走了出去。

愤怒并非一开始就存在。它起始于金米想知道真相的那天。从那时起她展开了自己的搜索。那一天她看到了当时的主要日报上对埃莉斯·法瓦尔诉讼案的报道。那一天,她从一位有名的司法专栏女作家的法庭记录中发现,她母亲在整个诉讼过程中没有看过埃莉斯一眼。据各位目击者说,尽管几天来,埃莉斯一直在寻求老友的目光,却从未得到回应。即便她以破碎的声音请求原谅。

正是阅读几个月里的这些细节时,怒火觉醒了。此前它一直是沉默的。或者说它采取了秘密或地下的其他形式。

这天晚上金米看完了克拉拉·鲁塞尔交给她的材料。

她认出了自己小女孩时的口气。上面分两次详细讲述了在埃莉斯家度过的那八天。她放下心来。证词中记录了一切。她的犹豫,她的沉默。她对这个年轻女人很明显的依恋。她在其中留下了没有冲突没有恐惧的附加信息。之后,她讲到最后那晚,埃莉斯也在她的第一次笔录中提及,那一晚她意识到有事情不对劲。

她又向一个文件夹里看了看,一张和伊利昂一起画的巨幅彩笔画的照片瞬间把她淹没。怒火一时间退潮了。

克拉拉提供的证词汇总中还提到,在金米回来后的第二天,她父母向危难儿童的主席提出,立即归还打到该协会账户上的那五十万欧元。他们没有发布勒索信点名拍摄的视频,因此没有约束要求他们必须履行捐赠。

　　金米合上卷宗。
　　愤怒再度回来,把她带走了。

每天早上闹钟响后,梅拉妮都会去浴室梳洗打扮。她用浸了玫瑰水的化妆棉擦脸,梳理头发,在眼睛下涂抹遮瑕膏,微微扑上腮红,然后回到床上。在床上,她开始了每日的直播。

分享极致平台上的一天正式开始。闹钟再次响起,她在清晨的阳光下伸展四肢。她在床上坐起,向用户们说早安。

多亏了同一个可以握在手里的小盒子,她能够调配全部设施:开关远程话筒,在场景之间切换。房子和外院之间安置了二十多部摄像机,每一个都能探测到四五米范围内的活动物体并跟随拍摄。科技真是进步到了无以复加的境地。小盒子其实就相当于原先的电视导演用到的那种"混音器"。如今她不再需要把话筒带在身边。散落在房间各处的强大录音设备能够捕捉并传输几米外的低语声。还有最近的"视频日志"(Vlog)功能,让她可以随时与观众交谈:只需正面看向一架摄像机,当前画面就会取代其他各处正在播送的图像。她的话以横幅形式被语音识别系统在线转录出来,方便身处各地的用户都能看到,即便是那些开不了声音的人。

她觉得这美妙极了。

梅拉妮从此生活在一部只为她自己保留的"阁楼"里,其他的对手都被淘汰。那天晚上她上床睡觉时就是这么想的。她全权操控的"阁楼",由她担任制片、导演和女主角。她展示的内容主要围绕日常和居家生活,但也不忽略心理层面。她的心情、反思和富含哲学意味的名言警句很受用户欢迎,她做了大量功课来丰富自己的话语。

每月一次的周四 20 点 45 分，是"甜梦在线"的互动时间。她在千百个申请人中挑选出几位"梅拉居家"的订阅用户，直接与他们对话。她细心倾听，温柔回应，开诚布公地分享建议和想法。布吕诺有时也会和她一起。他会参与到比较男性化的问题里来（比如选择什么家庭服务机器人，房子的安保措施，游泳池维护……），通常是应男性配偶方的要求。近来，布吕诺要被求着才来参加，但梅拉妮很坚持，她的社群喜欢他，而且只要他一出场，观看人数就会攀升。人们需要梦。能够看到像他二人这样亲密稳固的一对理想夫妻，对他们是一种安慰。这让他们感觉好。她讨人欢心。就是如此。于是她变身为仙女，没错，一位现代的仙女。她不需要魔杖，仅需的只是几台摄影机，和很多很多奉献出去的爱。

两年来每逢节庆，梅拉妮都直播她人生中最美好的时刻。一场真正的烟火表演，它打破了所有收视纪录。

享用早餐（照例由低卡低糖的果酱品牌赞助，标签必须确保能被拍到）后，梅拉妮开始淋浴。在此期间，直播场景被一组纪念相册的画面取代。她的第一助理负责这部分剪辑，首先从金米和沙米的儿时图像开始放映。伴随着一段免版税的怀旧音乐，威尔弗里德混剪了以下影像资料，充满感性：野餐，游乐场，度假，粉丝见面会。梅拉居家的大部分用户都知道快乐小憩，他们很乐于回顾这些时刻。他们看得心碎。

她一旦穿戴完毕，就即刻恢复直播：以自信的口吻透露着身上衣服的品牌名（她每天都更换服装，同一套从来不会出现两遍），然后假装当天第一次化妆，和社群分享着正在使用的产品，并热情夸赞它们的优点。之后她必须品尝来自友人系列的第一杯浓缩咖啡。合同规定她每天喝两次；该品牌经过二十年的高端定位，胶囊曾做得像首饰盒中闪闪发光的宝石一样，厂商如今转为更加回归家庭的路线，更专注自然，于是指望通过她来达到这种"家门口"般的亲切感。问题是她的医生不建议她喝咖啡。为了她的神经好。于是，只要能找到比较保险的机会，她就不喝完，或者悄悄地把它倒进水槽。

这天早上，梅拉妮穿好衣服后，没有感到往日的那种精力。微微的疲劳，"或许是低血压"，她这样想着，推迟了恢复直播的时间。一段时间以来，她感觉自己就像在坐过山车。一阵子精力充沛，兴奋得像个跳蚤，一阵子又疲惫不堪，而且异常沮丧。上一次视频咨询时，罗克大夫发觉她很累，但手表记录的指标很正常。他说这是精神疲劳。

好在，威尔弗雷德总是在剪辑上留出余地，所以她至少还有二十分钟的时间。

她听之任之。由于视线有些不稳，于是决定打开广播听点新闻，为白天可能会点评的消息做些准备。如今被她称作"快乐的少数人"的那些粉丝，喜欢听到她对全球大事发表的看法。

晨间9点的新闻刚刚开始，她听了最初的几条，之后就开始走神并胡思乱想起来。她想到一天的节目安排，想到早上可供选择的多种方案，想到她即将要与一个化妆品大品牌签的合同，还有那个八号摄像机的角度，每次都会比九号拍出的她漂亮许多……正当此时，记者的声音突然打破了她沉浸其中的这个泡泡。

"我们刚刚得知，前油管童星金米·迪奥以侵犯形象权、侵害隐私以及糟糕的养育决策为由对父母提出起诉。金米·迪奥是迄今为止第五名在成年后选择控诉的网红儿童。我们将在13点的新闻中继续为您播报该事件的更多细节，但我们已经联系到巴黎律师团的比松女律师,她曾多次协助过前油管和其他网红童星,其中最著名的莫过于现年二十二岁的小多萝西,其资产估计在四百万欧元左右,她状告父亲未能遵守法律。"

梅拉妮未及多想就直接关掉了广播。

几秒钟里,她在沉默中努力呼吸。

她不知道自己有没有听错。她一定是误解了什么。她在手机上输入几个关键字,惊恐地发现这则新闻通稿已经被转载了好几十遍。

金米?不可能。

她不能打开直播。她现在做不到。她已经经历过一番媒体轰炸。她知道有什么在前面等着她。

威尔弗雷德的剪辑还在播放。她必须赶紧提醒他,这样他才能控制传输,从档案文件中挑点儿别的继续放。

但此刻,她没有力气。

她必须先冷静下来。

她女儿……她的小女儿……她的小金米控告他们。

她从没感到这么孤独。

布吕诺一大早就去了极可意洗浴商品的展厅,他要从品牌商提供的型号中选出一个来安放在他们家的花园。他会不会早就知道,并有意瞒着她呢?还是说她漏看了信箱里的挂号信?

不,不可能。她怎么也不相信。

她的小金米,起诉他们……

威尔弗雷德的一条短信把她从麻木中唤醒回来:他接管后续了。

她就这么坐着,等着她的丈夫。无声无息。

她的亲们会担心。

她会收到很多私信，因为他们急着知道消息。

让她的亲们爱干吗干吗去吧，该死，他们至少可以耐心等待一次。不能再变本加厉。

她已经给了那么多。她的亲们有时实在是，无聊得可以。

她要来杯咖啡。随他们的便。她不在乎。她感觉好累。

瞧，没错，她要试验所有的胶囊，黄色的，绿色的，粉红色的，尤其是金色的。很多很多的金色。

毕竟，她可是仙女，没有什么好害怕的。仙女不会被击倒。仙女从来无所畏惧。

仙女们明辨是非。她们凌驾于世界的偶然事件之上，世界所产生的恶意攻击伤不到仙女。

司法警界的老同事们喜欢照旧称呼克拉拉为"女院士"。但自从七八十年代那名语法学家出身的主持人的节目再度在流行复古平台上风靡一时之后，虽然当事者本人早就过世多年了，小年轻们还是喜欢以她的名字称呼克拉拉，他们叫她"卡佩洛大师"。刑侦组也和其他地方没两样，人们喜欢设置挑战再打赌……最近他们常玩个游戏，往证词里插词，这个词要么不很恰当，要么是不常见的表达，通常由抽签得出。她的新班组简直爱死这游戏了。想必它一定很解压。有一回，克拉拉不得不把"粉尘"（还算简单）一词写进转给检察院的摘要里。上一次，她抽到"我了个神啊"（更难办）。这次的词则虽有点过时却蛮有力度，她必须要在汇总笔录中加进一个"批评教育"。她次次都赢。

整整一天，她都在看侵犯前非语言行为的电子课程。

回到家后，克拉拉打开了广播。她从来没接受全天候的资讯频道，只看电视新闻和一些日报刊物，现如今无线电和地面数字电视节目几乎荡然无存。当她打开冰箱瞧瞧有什么可吃的东西时，金米·迪奥的名字飘到了耳际。她靠近扬声器想仔细听听。一个坚定又专业的女人嗓音似乎正在介绍详情。

"对父母提出诉讼的人并非只有前童星。要求断开连接和减少痕迹的运动在年轻人群体中一直在不断发展。很多人在进入成年以后，意识到身上已然背负了大量的数字债务，完全失去了隐姓埋名的希望。他们以形象权和数字童贞的名义诉诸法律，要求父母撤回曾发布并记录在社交网络上的他们童年期的一切照片或视频。一些人甚至要求赔偿损失。"

嗓音听起来很熟悉的女记者接着说道。

"让我们回到今天这案子，金米·迪奥的案子。她告父母侵犯形象权和实施了糟糕的养育决策。请问科琳娜·比松律师，这究竟是什么意思呢？"

"从法律上讲，青少年在十八岁以前，其形象权归属于他们的法定监护人。但监护人是保护者，而非持有者。通常来说，父母的权威应该以孩子的利益为重。很多父母不知道，他们的孩子从出生起即享有了自己的形象权。他们表现得好像自己是所有者一样。今天提到的这些父母，他们不但没有保护好这些权利，甚至有些人已经牵涉到大大的滥用。"

"我记得2020年投票通过了一项对在线平台上网红儿童形象的商业利用进行监管的法律。难道说它完全没起作用？"

"很遗憾，我恐怕只能说没有。法国是率先立法的，这是很重要的标志。这有助于向父母传达：小心了，你们不能乱来。有些人的确有所收敛。但就像以往一样，我们没有给出确保法律实施的方法。"

"您是说监督不够？"

女律师思考片刻后答道。

"首先，法律根据儿童年龄对每日拍摄时长进行了限制。从这点上来说，它基于的是儿童表演这层框架。例如，法律允许六岁儿童每日拍摄三小时，十二岁儿童每日拍摄四小时。当这涉及的是摄影照片或电影拍摄时，有关时长的定义是有其意义的。但当我们从整个童年的尺度去观看，如果一个孩子每天都会被父母拍摄，这又是另一回事。其次，您提到监督……请问近年来，有哪个家庭见过劳工监察员上门来吗？"

"在财务收入方面，是否真的赚钱很快？"

"我想说，我不会在节目中详谈如何避开法律。其手法众多，而且大部分家庭很快就发现了。我只举一个例子。该行业领先频道中的一家主打的是一对双胞胎小男孩，他们在几年之内收获百万浏览量和几百万欧元。一家新闻网站披露了他们的经营手段：法定监护人通过一家模特经纪公司向儿子支付工资，申报数额在每周规定的时长以内。这笔钱依照法律存入国家存托银行。但父母方作为视频的作者、导演和制片人——他们也的确是——同时还投入了用于制作视频的必要设备，他们持续拿着油管产生的收入和品牌商支付的大部分金额。谁又来管理这种分配呢？这还仅是一例……我还没有谈到日益发展的家庭视频日志，那是全家集体上阵的活动，孩子甚至不再作为主角，而只是背景中的一个配角……因此完全逃避了法律约束。"

"现在请问圣地亚哥·瓦尔多医生，作为精神病专家和精神分析师，您早就提醒过这种早期暴露可能引发心理方面的损害。您能给我们讲两句吗？"

"这些孩子的欲望是在很小时就被塑造起来的，他们最终通常会相信这是他们的个人意愿。但其实他们别无选择。他们是与父母情感博弈中的囚徒，这种关系还因为不少家庭靠这笔收入生活而马上再添加上经济利害。另外，今天发声的这些年轻人，都在很早就遭遇了不该要求一个孩子服从的某种规则：诱导，做宣传，回应粉丝，管理形象。他们中的很多人，正在今天付出沉重的代价。"

"这对孩子有什么危害呢？"

"我们看到他们对亲生父母信心不足，难以与同龄人建立健康的关系。此外还观察到成年以后的巨大孤独，因成瘾导致的极度脆弱，有时甚至是其他更严重的症状。"

"我可能要做魔鬼代言人了，可是童星早就有了，这不是一个新现象！若尔兰，布兰妮·斯皮尔斯，麦考利·卡尔金，丹尼尔·雷德克里夫！每代人都有自己的偶像。"

"即使在您刚才提到的这些人名中，心理问题也并不少见。区别在于——的确有不同点——我们今天所谈的这些男女童星，他们是在很小时就被拉上了油管或照片墙的舞台，这不是拍部电影或电视剧，做完宣传后，回家就好。不是。他们是被迫在自己家中，每天每时，扮演自己这个角色。在自己房间，在自家客厅，在厨房里，和真实的父母一起。注意，我用的是角色一词，因为只要在摄像机前，任何人都不是真实的自己。您知道，扮演一个角色是很累的。"

"我还是要指出，某些孩子取得了非凡的成就。布偶天团家的小儿子现在是公认的优秀演员，迷你巴士队家的大女儿也有着绝佳的职业前途。"

"我不反对。有些孩子十分幸运，他们即便遭遇过最严重的暴露，也仍然能够走出来。"

一段休息的音乐替换进来，克拉拉趁机坐下。

对话最后，女记者再次发言。

"几个月前，巴勃罗老大从母亲那儿获得了巨额赔偿，还有其全部形象的销毁和封存。这位母亲拍摄和发布了他童年的每一阶段。其中最著名的，是她模仿奔赴事发现场的特约记者，向订阅用户报告'便盆上第一坨便便'（引用数据，该视频获得几百万浏览量）的那条视频。同样，我们也可以预期，将来有一天，被父母拍摄了著名的奶酪挑战的不少宝宝，也会要求删掉他们的视频。我解释一下，这是一个在全球大获成功的挑战，要求父母把一片融化的奶酪扔到宝宝脸上，然后拍摄他们的反应。圣地亚哥·瓦尔多，请问我们能把最近这些有利于孩子的判决当成一个好兆头吗？"

"当然如此。2020年通过的法律也对被遗忘权做出了规定。可事实是,它根本无法适用。孩子们的形象已被复制和无休止地评论。这是抹除不掉的。您知道,在互联网上,什么也擦除不掉。这一次,就连法律也无能为力。"

"非常感谢圣地亚哥·瓦尔多,我知道您是一位精神病专家和精神分析师,也是《长期暴露》这本书的作者,出版社……"

克拉拉关掉广播,陷入思索。

信号出现时不要犹豫。待到风向改变。此刻时机最棒。

她拨通塞德里克·贝尔热的电话,没等对方开口便率先说:"我同意了。"

她听到对方在另一头发出惊喜的欢呼。然后他说:

"我保证,以后在你面前,我一定使用规范语法。"

金米穿戴完毕，准备去见哥哥。和以往一样再平常不过的中性打扮，现如今伪装已经成为一种本能，样式和颜色都是刻意为了方便隐藏于人群。但她知道，她永远不会自由，永远无法遁形。即便戴上灰暗的连身帽或棒球帽，也总是有人坚决要盯着她的脸看，或是在当街大笑不止。她永远洗不去透过屏幕脏污她、消费她、侵害她的所有那些目光。

她在街上低下头，试图弯起背来，掩盖她的身高。她把金发藏进黑色软帽。

沙米住在十三区最高几幢大厦的其中一幢里，从环城大道就可以瞧见，他说他在二十层。他不愿出来，她很费劲地说服他让她亲自上门。她感觉电话里的他焦躁不安。即便隔着距离，而且许久未见，她也能辨认出他嗓音中最细小的波动。她知道他不信任自己。但她需要他，她设法努力向他传达。

她保证两手空空上门，不背书包。

到今天为止，近来发生的事就好像一连串被怒气牵着走的模糊变幻的反应。拜访克拉拉·鲁塞尔（她早上起床，喝了一杯咖啡后就直接前往棱堡，事先完全没有计划），决定起诉父母：全都是一时冲动。

她不在乎钱。她已经有很多了。她希望自己受到的损失能被承认。她那被人偷走的童年。

就此刻来讲，她知道所有这一切都集中于一个目标。她想见沙米,和他一起反抗。因为她知道一件事:没有父母她可以照常生活,但她无法忍受失去哥哥的念头。

当她步出轻轨时,一只漂亮的蝴蝶在她身边飞舞。她刚好来得及瞥见它赭红和橙黄相间的颜色,这才想到它们如今已变得这么稀少,尤其是在这样的季节。在城市灰扑扑的建筑当中,她看到诗与美的象征。

阳光还没有穿透那层无边的乳白色面纱,看起来像盖子一样覆在建筑物上,好像透过灯罩散发着它的光辉。迪努瓦街就在地铁边上,她输入密码,进入大厦。

她从电梯的反射镜中看出,苍白的脸色暴露了她的紧张。

她一按响门铃,沙米就打开了门。他向她身后看了看,似乎在确认没有人尾随,然后拉她进了客厅。

他们在一张小圆桌两边的椅子上坐了下来。她突然被他俩这种太过相似的姿势吓到,他们都两腿交叉,缩成一团,双手平放,以防颤抖。

她开口讲述这些年的一切。他们一起经历的种种,让他们疏离的种种。

这是拖了太久未讲的话,很快就丢失了逻辑,她想分享回忆,回顾那些温馨的时刻,她想告诉他,他对她有多重要,想知道她如何才能感谢他,她想对他说,她明白,他同样受尽了煎熬。

沙米默默地听着。

他们对视,一句话也没有再说。

然后沙米握住了她的手。

一只蝴蝶从打开的窗口飞了进来,和刚才那只完全一样。金米一时间怀疑它是不是跟着自己来的,随后又恢复理智:根本不可能。

一缕阳光下,蝴蝶在他俩头顶飞舞。

她听到几不可察的轻微咝咝声,同时又不是那么确定。昆虫飞向天花板。她抬头观看,太奇怪了,有那么一瞬间,她觉得自己看到一个微型摄像机正藏在它的翅膀底下。

梅拉妮喜欢在夜幕降临后，从落地窗漆黑的玻璃上观看她自己的返影。这通常是她安坐在沙发上的时间，她会面对三号摄像机，和用户们分享她的心情、她的感受，以及她对时事的点评。这同样也是给出一些生活实用方法和个人发展建议的时机。因为梅拉妮刚刚接触了3V理论，这是积极心理学的一种新方法，以三个基本原则的首字母命名：看到（voir），想要（vouloir），获胜（vaincre）。然后她会走向厨房，开始准备晚餐，好在这个过程中完成她展示产品的那些任务。

但今天，她沉默着。

今天，她什么也没做。

从昨天开始，她就没有恢复直播，这在粉丝中引起了真正的恐慌。几小时内，评论、提问和请求就在所有网络上成倍增长，每一个都在诉说着各自的假设和解释。

她没有回应。这超出了她的能力。她需要安静，至于怎么产生安静，她不在乎。她已经太久置身于由她一手创造出来的喧闹中，为了满足那些爱她的人。她只知道，她听不了那些词，诉讼、法律、法庭传唤、裁判公正，这些词让她听了想吐。

这一切分明不公平。为什么这些人就不能明白，她一直在尽力做到最好呢？她牺牲个人生活和她的青春，就为了孩子们的成名和幸福。毕竟她没有伤害任何人！

今晚，她只会发布一条留言，为暂时中断播放而道歉。她甚至可以加上个标题"再见了亲们"，或者来个更厉害的，"滚蛋吧亲"，哈哈哈，这可好玩了，她跟他们说"去别处找我吧"

或者"放开我"或者"管好自己的事吧",就像她母亲会说的,等等,她母亲又在这儿掺和个什么劲儿,多好玩啊,没错,"亲们滚",哎哟哟,太好玩了,然而不行,他们接受不了的。

布吕诺没有回家。

昨天下午,在她多次尝试联系他都没成功后,他最终给她打了个电话,告诉她他会在旅馆过夜。

起初她以为他被品牌商留住或是困在了路上。但在长久的沉默之后,在他粗重、断续的呼吸声之后,他承认他再也不愿回到他们的家里,回到这间房子里。

他说:

"结束了,梅拉妮,我不想再这样生活了。"

她起先以为她听错了,然后他又用嘶哑低沉的声音重复了一遍。结束了。

布吕诺,她的支柱、基石,最忠诚的支持者……

她忍不住想到明天她可能拍摄的视频,如果她感觉好些,可能就会开拍。"四十岁女人看着丈夫离开……"或者"女人最终总是孤军奋战"。

不行,这太荒谬了,她不能慌。

布吕诺只是暂时需要空间。

这不是决定性的。他明天就会回家。回家商量。

他需要呼吸。

呼吸,没错,她会插好新的香薰机,由"绿色生活"品牌提供的产品,香型有花香、森林、灌木,真正的天然芳香。美不胜收。

说实话,她感觉并不好。第一次整理不好优先事项,全都混在一块。

她有一点儿头疼。心上也疼。

也许咖啡喝太多了。

今天,金米起诉了他们,这比她一走了之更加糟糕。

布吕诺很受伤,就是这样。致命的打击。他崩溃了。是不好受。但他会恢复过来,她知道的。

她是仙女,而布吕诺是一只毛绒大狗熊。没错,就是这么回事。"仙女和狗熊",可太逗了。笑死了。

她必须坚持住。为了他们两个人。她下一条视频的标题绝不能向悲伤屈服。相反地,它要比以往任何时候都更积极。

"直面暴风雨"会是个好题目。或者"一次起风吹不倒大树"。

她要跟他谈谈这事。

这一次,他们来共同决定。

而生活会恢复正轨,就像以往一样。一切重回秩序。她没什么可担心的。

一切都会好。

一切都会好。

一切都会好。